巽 孝之

Takayuki Tatsumi

慶應義塾とアメリカ

Keio Gijuku and Its Trans-Pacific Imagination: Following in the Footsteps of Fukuzawa Yukichi

巽孝之最終講義

小鳥遊書房

目次 *Contents*

はじめに
最終講義の物語学 7

第一部
最後の授業――慶應義塾とアメリカ 25

0. 序説――最初の授業 26
1. ドーデ「最後の授業」と普仏戦争（一八七〇―七一） 28
2. 「失われた大義」（the Lost Cause）と南北戦争（一八六一―六五） 35
3. キャプラ『スミス都へ行く』における負け戦 45
4. 福澤諭吉と環太平洋的スペクトラム――『痩我慢の説』と戊辰戦争（一八六八―六九） 52
5. 結語――物語の瞬間 58

第二部

モダニズムと慶應義塾——世界文学の曙　65

0. 序説——福澤諭吉の逆説　66

1. 慶應義塾のモダニズム前史　76

1—1. 早すぎた碩学——大秀才トマス・サージェント・ペリーの失敗　76

1—2. 三田文学の胎動——放蕩息子・永井荷風の成功　90

2. ガートルード・スタインとモダニズム最盛期　106

3. エズラ・パウンドの極東——野口米次郎登場　115

3—1. 世紀転換期のジャポニズム　115

3—2. フェノロサ・コード　119

3—3. 英語俳句の起源——甦る荒木田守武　124

4. バベル以後のモダニズム――ヨネ・ノグチから西脇順三郎へ　135
4―1. エリオットは蕎麦を食すべし　135
4―2. 国際詩人ノグチをめぐる論争　138
4―3. 西脇順三郎または引用と翻訳の詩学　143
5. 結語　世界文学の曙――西脇順三郎『ヨーロッパ文学』を読む　152

第三部　作家生命論の環大陸――来るべきアメリカ文学思想史　187

0. 作家生命論序説――漱石、エマソン、ウェルズ　188
1. トマス・サージェント・ペリーの社会進化論的文学史　194
2. 「作者の死」と作品の再生――トウェイン晩年の戯曲 *Is He Dead?*　200
3. トウェインとミレー――円熟期の『晩鐘』　205

4. アメリカにおけるミレー神話——愛弟子ハント、師匠ミレーにエマソンを読ませる 210
5. ポー、トウェイン、ホアン 221
6. 自己剽窃の効用、またはメタフィクションの進化 232
7. 結語——『白鯨』を書き直す二十一世紀 237

おわりに 慶應義塾とニューヨーク 245

慶應義塾とアメリカ略年表 258
索引 269
Synopsis 276

はじめに

最終講義の物語学

The Narratology of Last Lecture

二〇二一年三月、私は一九八二年以来三十八年間勤務した慶應義塾大学を定年退職した。規定により文学部英米文学専攻の主催、慶應義塾大学藝文学会と同アメリカ学会の共催で最終講義を行うことになり、すぐさま思いついたテーマが「慶應義塾とアメリカ」である。

私の専門はもともと十九世紀中葉におけるアメリカ文学最初の黄金時代、通称アメリカン・ルネッサンスと呼ばれる時代のロマン主義作家たちだ。ポー、ホーソーン、メルヴィル、リッパード、エマソン、ソロー、ディキンスン、ホイットマンといった稀有の才能の一群が噴出したこの時代に魅了され、彼らを基軸に十七世紀ピューリタン植民地時代から二十世紀後半以降のポストモダニズム時代までを通貫するアメリカ文学思想史の可能性について、長く思索してきた。したがって、これまで拙著に接してくださった方々は、右のテーマを聞いて驚かれるかもしれない。

とはいえ、ちょうど十年ほど前、拙著『モダニズムの惑星――英米文学思想史の修辞学』（岩波書店、二〇一三年）を出したのちに与えられた何度かの講演の機会には、いささかの読者サービスも兼ねて、同書には収めていない「モダニズムと慶應義塾」のタイトルで語ってきている。以来、私のアメリカ文学研究史において、いつしか「慶應義塾とアメリカ」の問題が大きなウェートを占めるようになった。それは『モダニズムの惑星』と部分的に重なりながら、全体としては新たな文学思想史として立ち現れるようになった。だから最終講義を準備する際にも、迷いはなかった。

このテーマはいまさら問い直す必要もないほど自明のようでいて、いざズバリこういうタイトルそのものを掲げた先行研究を検索し発見しようとすると、困難を極める。資料も参考文献も多いのだが、こんな大それたテーマを正面切って掲げるのが無謀であるのは確かであり、躊躇する論者が多かったのではあるまいか。

＊

「慶應義塾とアメリカ」を着想したきっかけは、かれこれ四半世紀前に遡る。

一九九六年十月、拙著『ニュー・アメリカニズム――米文学思想史の物語学』（青土社、一九九五年）が福澤賞を受賞したのが直接の契機である。慶應義塾を代表する同賞の受賞者は、慣例により三田キャンパスの三田演説館にて、毎年五月十五日の福澤先生ウェーランド経済書講述記念日に特別講演をすることが多かったため、私も翌年の登壇者に選ばれた。当時の私は、ポスト構造主義の視点からアメリカ文学思想史を組み直す作業に邁進しており、同書はその一環として、十七世紀ピューリタン植民地時代から二十世紀末ポストモダニズム時代までを切り結ぶ構図のうちに、アメリカ建国の父祖のひとりベンジャミン・フランクリンを新歴史主義以降の方法論で解析する一章を含む。したがって、同章では、フランクリンと近代日本の父祖のひとり福澤諭吉との比較も行なっている。

もっとも、当時、四半世紀前の私は、すでに一九八二年の就職以来——途中、八四年から八七年までの北米コーネル大学大学院留学を挟みつつ——十五年以上も慶應義塾に奉職してきたにもかかわらず、アメリカ文学研究専攻という大義名分のため、福澤諭吉についで常識以上に読み込んだことはなかった。しかし準備する過程で、この記念日が一八六八年五月十五日、戊辰戦争の騒乱にも惑わされることなく福澤諭吉が塾生たちへの講義を続けたこと、そのときのテキストが今日では国際センターの交換留学でも関わりの深いアイビー・リーグ校の一つブラウン大学の学長フランシス・ウェーランドの手になるものであること、同日の福澤先生の講義には「慶應義塾における学問は一日たりとも休んではならない」という、文字どおり「学問のすゝめ」というほかないメッセージが潜むことを知る。自身の無知を恥じたのは言うまでもない。しかも、何よりもそれが五月十五日に定められているのは、まさに一九五五年の同月同日に誕生した者として、奇遇を感じざるを得なかった。

かくして一九九七年五月十五日の午後、三田演説館で、私は「トマス・ジェファソンとアメリカ文学」のタイトルで記念講演を行い、若き天才ジェファソンがアメリカ独立戦争に際して起草した「独立宣言」テクストを仔細に検討しつつ、その底流をなすユニテリアニズムの影響がいかに福澤諭吉に流れ込んだかを分析した（『三田評論』一九九七年九月号掲載）。

だが、まさにこの日、もう一つの奇遇が追い討ちをかける。福澤先生の孫のひとりで一九二〇年代ジャズ・エイジにはコーネル大学で学ばれたのち、慶應義塾でも長く教鞭を執られ、『福翁自伝』の英訳者としても知られる清岡暎一先生がお亡くなりになり、まさに同日夕刻、芝公園の聖アンデレ教会にて葬儀が行われることになったからである。ひょんなことから、私は晩年の清岡先生とは親しくさせていただき、コーネル大学の先輩としても尊敬申し上げていたので（大正時代の同大学ではほとんど唯一の日本人留学生だったのではあるまいか）、この日の講演を先生に献呈し、終了後には矢も盾もたまらず葬儀へ駆けつけた（詳細は安東伸介「哀悼　清岡暎一先生」、『ミメーシスの詩学』［慶應義塾大学出版会、二〇一三年］参照）。ここまで奇遇が重なれば、何らかの摂理が私を「慶應義塾とアメリカ」へ導く道しるべを巧妙に張り巡らしていたのだと考える方が自然だろう。

*

以後の私は、折に触れてこのテーマを意識的に深めるようになった。

学匠詩人・西脇順三郎といえば、英米文学専攻の大先達であるとともにモダニズムを代表するアメリカ生まれの詩人T・S・エリオットに生涯同世代意識を抱いていたことでも知られるけれども、先生の没後二十五周年を記念した藝文学会シンポジウム「西脇順三郎とモダニズムの神話」を司会進行した際には、脱稿したばかりの『西脇順三郎コレクション』第五巻『ヨーロッパ文学』（慶應義塾大学出版会）への長文解説「あるモラリストの肖像」を骨子に据えた（同シンポジウムは二〇〇七年十二月十四日、於西校舎、同席したパネリスト・荻野アンナ、飯野友幸、四方田犬彦、のちに『藝文研究』九十四号［二〇〇八年八月］掲載）。

慶應義塾が創立一五〇年を迎えた記念講演会シリーズ「学問のすゝめ21」の「文学のすすめ」の回に荻野アンナ、川又千秋の両氏と共に出演したときには、「文学のアメリカ」のタイトルで『学問のすゝめ』を読み直している（二〇〇八年十月八日、於仙台会場）。さらに『三田文学』創刊一〇〇年記念シンポジウムでは、司会を仰せつかった関係で「三田文学者の外国」という前口上を用意し、初代編集長・永井荷風のアメリカ体験から説き起こしたものだ（二〇一〇年十一月六日、於北館ホール、同席したパネリスト：亀井俊介、末延芳晴、新島進、吉田恭子、『三田文学』二〇一一年冬季号［通巻一〇四号］掲載）。

だが、このテーマを一層深めるのに決定的だったのは二〇一〇年の秋、北米ハーマン・メルヴィル協会で会長も務めたカンザス大学教授エリザベス・シュルツ氏から、五年後の第10回国際ハーマン・メルヴィル会議を日本で開催してもらえないかと依頼されたことにある。さっそく明治大学元教授・牧野有通氏をはじめとする日本の代表的メルヴィリアンたちと語り合ったところ、その受け皿として正式に日本メルヴィル学会が発足した。慶應義塾大学内部にも法学部の駒村圭吾教授や総合政策学部の阿川尚之、土屋大洋両教授の尽力により、G―SECアメリカ研究プロジェクトが立ち上がった。

かくして十分な準備期間を経て、同会議は前掲藝文学会とアメリカ研究振興会の協力も賜り、二〇一五年六月二十五日から二十九日まで、慶應義塾大学三田キャンパスの北館と東館を舞台に、内外から二百名ほどの参集者を得て、無事開催された。

アメリカ・ロマン派文学を代表するメルヴィルと言えば、代表作『白鯨』（一八五一年）によって海洋小説家の印象が強いので、彼と日本の組み合わせは意外に響くかもしれない。だが、同書のなかには日本への意識がはっきりと刻み込まれている。出版当時日本は鎖国状態だったから、日本人が国外へ出ることも海外から入国してくることも禁止し、これを破ったものは原則的に死刑にしていた。そしてメルヴィルは、白鯨モビー・ディックに片脚を食いちぎられ復讐に燃えるエイハブ船長を主人公にしたこの物語のなかで「二重にかんぬきのかかった国・日本が諸外国に門戸を開くとしたら、それはまさしく捕鯨船のおかげなのであり、げんに日本開国はもう目と鼻の先まで迫ってきている」（第二十四章「弁護」）と記し、のちの開国を予言したのである。

そんな時代に、『白鯨』刊行に先立ち日本への潜入を試みたアメリカ人がいた。チヌーク・インディアンとスコットランド系アメリカ人を両親にもつ二十四歳の青年ラナルド・マクドナルド（一八二四―九四年）が一八四八年、北海道の松前の地を踏んだのだ。ニューヨークから出航した捕鯨船プリマス号の船長から与えられた小舟に乗り入国したラナルドは、松前藩で捕縛されるとすぐ長崎奉行所へ送られ、結果的に英語を母語とする者としては初めて日本人に英語を教え、日本史上初の英語教師となる。代表的な教え子である森山栄之助は、のちに徳川幕府がマシュー・ペリー提督との交渉の際の通訳として大活躍していく。

そしてまったく同じ時代に、漂流民としてアメリカに渡った日本人もいた。若い漁師であった中浜万次郎、通称ジョン万次郎（一八二七―九八年）である。彼はまだ十四歳だった一八四一年、鳥島沖で難波したところをアメリカの捕鯨船ジョン・ハウランド号に救われ、渡米し、ホイットフィールド船長の配慮により十年ほどもアメリカで教育を受けたのである。

かくして彼は一八五三年には、徳川幕府のペリー提督との交渉の際に中心的な通訳となっていく。万次郎の捕鯨船航海の始まりは、『白鯨』の語り手イシュメイルを彷彿とさせる。

さて、まさにこのジョン万次郎と交流したのが、福澤諭吉であった。福澤先生は、一八六二年にヨーロッパを、一八六〇年と一八六七年にアメリカ合衆国を訪れているが、最初の訪米を実現したのが咸臨丸であり、ここで勝海舟（一八二三―九九年）やジョン万次郎と乗り合わせている。そしてアメリカ到着後には、サンフランシスコにて、万次郎とともにノア・ウェブスター編纂による一八五九年刊行の『英語大辞典』を購入した。これはのちに福澤先生がジェファソンの「独立宣言」をはじめとする政治文書や西洋文明の資料を翻訳するのに大いに資した。まさにこの辞書を座右に置いたことで、先生は自らの内部における翻訳の天才をまんべんなく発揮し、「演説」(speech)「討論」(debate)「汽車」(Locomotive)「版権」(copyright) など、現在の日本語でも広く使われているさまざまなキーワードを編み出し定着させたのだ。また、福澤先生は一八九〇年に慶應義塾が大学部を創設する際に、ハーバード大学からユニテリアンの学者を少なからず招聘したが、そのなかには慶應義塾初の英米文学教授でありペリー提督の甥の子であるトマス・サージェント・ペリーが含まれていた。

かくして、明治維新においては西欧近代国家に追いつき追い越すことが至上命令となり、このとき、日本が最大のモデルと捉えたのがアメリカ合衆国だった。

*

けれども、二十世紀から二十一世紀にかけて、アメリカの位置はずいぶん変わってきている。二十世紀には二つの世界大戦を経たヴェトナム戦争や湾岸戦争が起こったが、二十一世紀には九・一一同時多発テロを経たイラク戦争におよぶ歩みにおいて、必ずしも大義のない戦争を繰り返してきたアメリカの肖像が露呈したからである。そのため、我が国では反米どころか嫌米、拝米ならぬ排米を主張する動きも巻き起こった。しかしそうした時事的極論にいたずらに流されないかたちで、世界初の民主主義の実験場をもたらしたアメリカニズムの精神を、アメリカ外部の視点からいまいちど再検証すること、単語の最も建設的な意味におけるトランスナショナル・アメリカン・スタディーズ（Transnational American Studies）――強いて訳せば「脱アメリカ的アメリカ研究」――の可能性を追究しようとする動きが勃興してきたことも、見逃せない。二〇一七年には、前掲G-SECアメリカ研究プロジェクトを慶應義塾大学アメリカ学会へ改組したゆえんである（発起人・巽孝之、宇沢美子、大串尚代、駒村圭吾、岡山裕、奥田暁代、梅津光弘、渡辺靖、杉浦章介）。

そこへ至る道には、二〇〇四年にスタンフォード大学教授シェリー・フィッシャー・フィシュキンが提唱したこの脱アメリカ的アメリカ研究が多くの賛同者を得て、私自身も、彼女を編集主幹とする新しい学術誌 *Journal of Transnational American Studies* の編集委員を務めてきた経緯があった。その十周年記念として、私は同じ編集委員のニーナ・モーガン、アルフレッド・ホーヌングと語らい、二〇一九年初春に英国のラウトリッジ社から『脱アメリカ的アメリカ研究必携』*The Routledge Companion to Transnational American Studies* を編集刊行し、同年十二月には前掲慶應義塾大学アメリカ学会の主催、アメリカ研究振興会の後援により、三田キャンパスにて刊行を記念する国際シンポジウムを開催した。そしてシンポジウム全容を含む『慶應義塾アメリカ研究』*Journal of Keio American Studies* 創刊号の表紙に、アーティストのＹＯＵＣＨＡＮ氏の描きおろしになるハーマン・メルヴィルと福澤諭吉、ラナルド・マクドナルドとジョン万次郎の似顔絵を据え、四者がＺＯＯＭ会議をしている構図をあ

Journal of Keio American Studies
0号のカバー。
イラスト、デザイン：YOUCHAN

しらった。この創刊号は、シンポジウム登壇者の一人である青山学院大学教授メアリ・ナイトン氏との共同編集作業によって、翌年からじっくり時間をかけて編集し、二〇二〇年夏にようやく刊行された。

＊

以上、三十八年間に及ぶ慶應義塾大学における私の研究歴は、当初こそただ無心にアメリカ文学研究のみに専心していたところ、やがて我が国におけるアメリカ研究の本質において福澤諭吉を祖とする慶應義塾が果たした役割が徐々にウェートを占め、そこで得た視点が第10回国際ハーマン・メルヴィル会議や脱アメリカ的アメリカ研究の勃興によってますますリアリティを帯びるようになり、本塾内部に研究組織を作るまでに至った歩みとして、とりあえずはまとめられるかもしれない。したがって、本書においても、最終講義とともにそれに関連する論考三編を収めることにした。

まず第一部には最終講義そのものである「最後の授業——慶應義塾とアメリカ」(二〇二一年三月十三日、主催:慶應義塾大学英米文学専攻、共催:慶應義塾アメリカ学会&藝文学会)を収めた。総合司会の大串尚代教授と開会挨拶の松田隆美教授に感謝する。なお、その草稿の加筆改稿版は『三田文学』二〇二一年夏季号(第一四六号)に掲載された。編集長の粂川麻里生氏、編集部の岡英里奈氏に感謝する。なお、当日の撮影監督を務めた学部ゼミ二期生の教え子・山口恭司氏は、以後このときの映像をYouTube版に編集してくれた(https://www.youtube.com/watch?v=0er3g7CRzJY)。細やかな演出に感嘆した次第である。

つぎに第二部の「モダニズムと慶應義塾——世界文学の曙」には前述のとおり二〇一三年に拙著『モダニズムの惑星』を上梓して以降多くの機会に行なった公開講演原稿を収録しているが、本稿全体はどこかに発表したわけではないので、基本的に書き下ろしということになるだろう。ただし同書草稿を執筆中に第五回名古屋アメリカ研究夏期セミナー(二〇一一年七月二十三日、於・南山大学)にてボストン大学教授アニタ・パタソン氏の基調講演「グローバル・アメリカ再訪——エズラ・パウンド、ヨネ・ノグチ、そしてモダニスト・ジャポニスム」へのコメンテータを務めたことは、筆者の批評的想像力を掻き立てる瞬間だった（コメンタリー全文は“Annotating the Papers, Recreating the Palimpsests”のタイトルで*Nanzan Review of American Studies*, Vol. 33 [2001]に掲載されている）。同書刊行後に発表したものとしては、部分的には日本学術会議シンポジウム「人文学の国際化と日本語」セッションII（二〇二〇年七月十九日、司会・竹本幹夫、同席したパネリスト：メアリー・A・ナイトン、沼野充義、ロバート・キャンベル）と藝文学会シンポジウム「文学と歴史」（二〇二〇年十二月十一日、司会・粂川麻里生、同席したパネリスト：小倉孝誠、吉永壮介、小平麻衣子）で行なった発表と重なるところがあるので、以下の既発表拙論を明記しておく。「日英モダニズムの果実——福澤、野口、西脇」（『学術の動向』二〇二一年四月号）、「モダニズム前史またはトマス・サージェント・ペリーの場合」（『藝文研究』第一二〇号［二〇二一年］）。

最後の第三部「作家生命論の環大陸——来るべきアメリカ文学思想史」は、私がかねがねライフワークにすると宣言してきた作家生命論の原型となるものだが、ここにおいても慶應義塾とアメリカというモチーフが介在しているので、あえて収録しておこうと考えた。議論の中心はあくまでアメリカ国民作家マーク・トウェインの埋もれた戯曲『彼は死んだのか?』だが、そこで面白おかしく語られる作家生命論は、まさに文学史でいうロマンティシズムからリアリズム、ナチュラリズム、ひいてはポストモダニズムにまで通貫していく。出発点になったのはかれこれ十年前の拙論「作家生命論序説――漱石『文学論』の百年計画」(岩波書店『文学』〔特集=漱石『文学論』をひらく〕第十三巻第三号〔二〇一二年五―六月号〕)。そのときの構想を発展させ、日本マーク・トウェイン協会第23回全国大会シンポジウム「トウェインと演劇」では「作家生命論演劇篇――トウェイン『彼は死んだのか?』を中心に」(司会・江頭理江、同席したパネリスト・宇沢美子、山本秀行、のちに『マーク・トウェイン　研究と批評』第十九号〔二〇二〇年〕に掲載)として発表し、それをさらに加筆改稿して英文化したのが"The Laws of Literary Life Cycle: Reading Mark Twain's *Is He Dead?* as a Transnational Play" (*The Japanese Journal of American Studies* No. 32 / 2021) である。この英文論考の校正が終わった頃に日本アメリカ文学会東京支部特別講演の依頼を受けたので、その内容を披露させていただいた（二〇二一年四月十日）。支部長の越智博美氏、司会の難波雅紀氏に感謝する。なお、このときの講演映像も前掲山口氏のご厚意により、下記のURLで視聴することができる（https://www.youtube.com/watch?v=BWsLHPwegsI&t=14s）。

以上、いずれの論考も、長い歳月を経て、ようやくまとまったものだ。

そこには一貫して「慶應義塾とアメリカ」というテーマが流れている。あらゆる書物が一編の物語だとすれば、学術書の場合においても、各論考の元になった少なからぬ学会発表やシンポジウム、雑誌論文のなかに、著者自身も気づかなかった伏線が断片的に隠匿されていたことになる。それらの伏線を、本書がはたして首尾よく回収し、曲がりなりにも一つの全体像を結んだかどうか、それは読者の判断に委ねるほかはない。だが将来、本書自体を一断片とする新たなテーマが花開き、まったく別のかたちで発展する可能性も低くはない。

今実感しているのは、最終講義という形式が、必ずしも過去の研究の集大成とは限らないということに尽きる。最終講義という限界状況からしか芽生えない新しい研究もありうるだろう。本書はその最初の種子である。

慶應義塾大学文学部英米文学専攻
巽 孝之教授
最終講義
告知ポスター

第一部
最後の授業
――慶應義塾とアメリカ――

The Last Lesson:
or the Origins of Keio
Transnational American Studies

0. 序説――最初の授業

いつまでも気分だけは若い若いと思っていたが、とうとう自分にも最終講義の番が回ってくると気になるのは、先人たちは自身が長年勤めた大学を退職する際、一体どんな話をしてきたのかということだ。とはいえ、あれこれ調べる必要はない。昨今はまことに便利な時代になったもので、すでに鈴木大拙から大塚久雄、桑原武夫、河合隼雄、土居健郎、鶴見和子、江藤淳までの名講義を収録した『日本の最終講義』（角川書店、二〇二〇年）なる浩瀚な書物も刊行されており、通読して大いに刺激を受けた。いずれの最終講義も基本的なスタンスだけ取れば、私がこれまで自分自身で拝聴してきた少なからぬ先達たちの最終講義と変わるところはない。つまり、自分自身が長く継続してきた研究歴をその起源から振り返り、そのエッセンスをわかりやすく抽出し、以後のさらなる研究の展望を付け加えてしめくくるというものである。なかには、研究歴どころか、自分が一体どんな学歴を重ねてきたかという点から説き起こす、それこそアメリカ自伝文学の傑作『ヘンリー・アダムズの教育』（一九〇七年）

ばりのものも含まれている。

たしかに、最終講義が一つの終わりであるならば、そこへ至る道筋がいかなるものであったのか、そもそもの始まりから振り返るのは正統的であろう。水村美苗が自身の恩師であったイエール大学教授ポール・ド・マンの死後に発表した論考「リナンシエイション(Renunciation)」(一九八六年)の言葉を借りれば「終わりは始まりを、そして始まりと終わりを結ぶ心地よい物語(good story)を求める」ものだからだ。そして今回の場合、文学部における最終講義であるから、私自身が最初に感銘を受けた文学作品を回想するのが筋であろう。もちろん、よく尋ねられるSF小説の場合だったら、私の場合すぐさま、子ども向けにリトールドされたコナン・ドイルの『失われた世界』(一九一二年)を挙げるのが定番だ。けれども、いわゆる文学的感動となると、別の話である。一体どんな話に初めて「文学」を感じたのか?

そこでさらに記憶を辿ると、小学校六年生のときに国語の教科書で読んだ十九世紀フランス作家アルフォンス・ドーデ(一八四〇—九七年)の短編小説「最後の授業」(初出一八七二年)

が必然的に想起される。戦争によって文学の根拠たる言語が制約されざるを得ないことを実感したのは、これが最初だったからだ。世界のありようが大きく変わる時期のことを、花田清輝は転換期ならぬ転形期と呼んだが、まさにそんな危機の瞬間を捉えて文学的感動を与えてくれた最初の授業は「最後の授業」だったのである。

1. ドーデ「最後の授業」と普仏戦争（一八七〇―七一）

私の世代であれば複数の教科書で採用されていた物語であるから、内容はあまりにも広く知られていよう。時代は普仏戦争（一八七〇―七一年）が終わったある日のこと、主人公はフランス北東部のアルザス＝ロレーヌ地方に暮らすフランツという少年。彼は勉強が嫌いでずる休みの常習犯だった。ところがこの日に限っては遅刻したもののこっそり教室へ入ろうとしたところ、室内が静まりかえっているばかりか、教室の背後では元村長や元郵便局員たち村の大人たちまでが神妙に授業参観しているのに驚く。それは四十年間も教鞭を執ってき

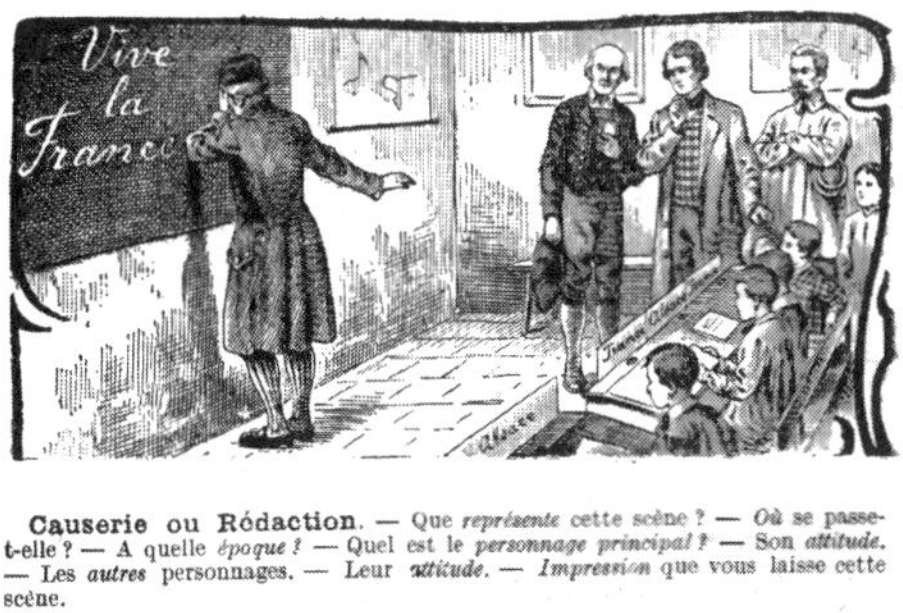
Vive la France
Causerie ou Rédaction. — Que *représente* cette scène ? — *Où se passe-t-elle ?* — A quelle *époque ?* — Quel est le *personnage principal ?* — Son *attitude.* — Les *autres* personnages. — Leur *attitude.* — *Impression* que vous laisse cette scène.

（右）アルフォンス・ドーデ／（左）黒板に「Vive la France!」の文字。

たアメル先生による最後の授業であり、大人たちはそれに敬意を払おうと出席していたのだ。ここアルザス＝ロレーヌは、プロイセンに敗北したがためにドイツに割譲され、明日からはフランス語の授業がなくなり、これからの公用語はドイツ語に一本化されるのである。だが、この最後の授業をアメル先生はみごとにこなし、フランス語のすばらしさを滔々と説き「民族が奴隷になったとき、自分たちの言葉さえしっかり守っていれば、牢獄の鍵を握っているようなものだ」“we must guard it among us and never forget it, because when a people are enslaved, as long as they hold fast to their language it is as if they had the key to their prison”と強調し、授業の最後には黒板に「フランス万歳！」（Vive la France!）と大書する。

半世紀以上も前に読んだときにはごくごく単純に「いい話だ」と思ったが、もちろんそのときには普仏戦争のことなどいささかも理解しているわけではない。ただ授業をサボって野外で遊んでばかりいたフランツ少年が、勉強を先送りにしてきたばかりにフランス語を習得する機会を永遠に失ってしまったという設定が、一つの教訓として迫ってきたのである。ちょうど読者である私自身が小学校から中学へ進学する時期だったというタイミングも功を奏した。この短編はまず第一に「学ぶことに関するアレゴリー」として出現したのだ。

だが、それから十年ほどを経た一九七〇年代から八〇年代にかけて、「最後の授業」が米ソ冷戦末期のポスト植民地主義的な言説空間において槍玉に上がっているのを知り、読み直してみた。小学生時代にはまったく理解していなかった普仏戦争のコンテクストを踏まえると、これは確かに表面的なわかりやすさの水面下に複合的な政治学を孕んだ小説であることが判明する。つまり、舞台となるアルザスは元々ケルト系の原住民が暮らしているところへゲルマン系のアレマン人とフランク人が侵入したために、以来今日に至るまで、アルザスの北部ではドイツ語のフランク方言、南部ではスイス・ドイツ語に近いアレマン方言が話されている。ところが、一七八九年のフランス革命以降、アルザス＝ロレーヌは政治的意思共同体としては完全にフランスの国家市民としての意識を備えるに至り、一八七〇年から七一年まで戦われた普仏戦争でフランスが敗北したときには反プロイセン感情をあらわにした。府川源一郎によれば、一九一〇年の調査では、この地域は言語的には住民の八十七パーセントがドイツ語を、十一パーセントがフランス語を話していたにもかかわらず、宗教的には七十六パーセントがカトリックを、二十二パーセントがプロテスタントを信仰している。つまり、アルザス＝ロレーヌではドイツ語を圧倒的多数派が話すのをやめなかったにもかかわらず、宗教的及び心情的にはその圧倒的多数派がフランスに近いカトリック信仰の持ち主であった。普仏戦争の結果、この地方がドイツへ割譲されるのが決まった際のフランクフルト条約では希望するアルザス人にはフランス国籍を取得することが認められ、その結果、五万人がフランスやアルジェリア、北アメリカに移住したが、その大半もカトリック信者だったのだ（府川源一郎『消えた「最後の授業」言葉・国家・教育』二一〇頁）。

したがって、「最後の授業」の主人公フランツにしても、必ずしも作中では明らかにされていないが、その母語はドイツ語ながらフランス人としての誇りを抱いているが故にアメル先生にたとえ叱られてもその尊敬の念には変わるところがない。そしてフランス語という国語がなくなってしまうことに心から絶望するも、アメル先生の残した「民族が奴隷になったとき、自分たちの言葉さえしっかり守っていれば、牢獄の鍵を握っているようなものだ」という教訓を心に刻む。

この小説の面白さが一定の民族の母語と国語すなわち公用語が異なっている点にあるのがわかると、小学生時代の「学ぶことに関するアレゴリー」という印象は、「言語的植民地主義をめぐるアレゴリー」という印象に変わる。しかしドーデ自身は、そのことを必ずしも明確には記さず、むしろ巧妙にぼかしている。まさにそのために、我が国の戦後の国語教科書が定番と言っていいほどこの短編を教科書に収録し「国語愛の物語」に仕立て上げたことは、間違いない。けれども高度成長期に入ると帝国主義批判や植民地主義批判が高揚し、府川源一郎も言うように、「最後の授業」は一九八六年を最後に教科書から姿を消す。たとえば蓮實重彥は一九七七年に刊行した『反日本語論』のなかで、アメル先生というのは「アルザス人にとっての他人の言葉を、国語として彼らに強制する加害者にほかならないのだ」（筑摩書房版、二三三頁、傍点引用者）と批判し、田中克彦は一九八一年に出版した『ことばと国家』のなかで「『最後の授業』は、言語的支配の独善をさらけ出した、文学などとは関係のない、植民者の政治的煽情の一篇でしかない」（一二七頁）と断罪している。ネット上には本作品でイデオロギーを隠匿するレトリックがあまりにもあざといと批判し「ドーデはペテン師だ」と弾劾する向きもある。だが、仮に作者のドーデがいかに巧妙に時代背景を隠匿し、結果的にドイツ系の植民地支配批判というイデオロギーに加担したように映ろうとも、だからと言って「これは文学ではない」とまでは断定できまい。政治的に間違った文学作品や狡猾なまでに言語戦略を練り言論検閲を免れることで成立した古典的傑作は、文学史上いくらでもあるからだ。

となると、二十一世紀を迎えた現在でもなお、アメリカ文学を専攻する私が「最後の授業」をもう一度読んで「やはりこれはいい話ではないか」と感じる理由は何なのだろうか。それは、先に引いたアメル先生の言葉「民族が奴隷になったとき、自分たちの言語さえしっかり守っていれば、牢獄の鍵を握っているようなものだ」のなかに、言語が弾圧され文学が検閲されてきた歴史全体に当てはまる、一定の真理が認められるからである。そして自らが仕える国家が敗北したにもかかわらず生徒たちに対して「フランス万歳！」(Vive la France!) と大きく板書するアメル先生の開き直りに、普仏戦争にほんの少し先行しているものの、ほぼ同時代に戦われたアメリカ南北戦争（一八六一―六五年）が残した神話「失われた大義」(the Lost Cause) にも近い感覚を見てとるからである。アメル先生は明らかに敗戦による政治的喪失感をフランス語礼賛という言語的優越感にすり替えることによって、一種の物語学的操作を行なっている。この短編を現代において読み直す効用は「失われた大義をめぐるアレゴリー」に求められるのではあるまいか。

2.「失われた大義」(the Lost Cause)と南北戦争(一八六一—六五)

アメリカ史に通暁する向きには、古い古いお題目だろう。けれども、現代を代表する思想家スラヴォイ・ジジェクは二〇〇八年に *In Defense of Lost Causes*、タイトルを直訳すれば『失われた大義の擁護』(邦訳『大義を忘れるな』青土社)となる大著で、元々は南北戦争の封建主義的奴隷制の運命を表していた「失われた大義」を、マルクシズムやスターリニズムやポピュリズム、文化大革命、人類解放や果ては友情に至る、今日では時代遅れかもしれないさまざまな角度から考え直している。ジジェクにとっての「大義」はジャン＝フランソワ・リオタールのいう、近代社会が自身を維持し正当化するのに不可欠な「大きな物語」と重なるものの、しかし彼はその結果ポストモダンにおいて断片化し自然化した「小さな物語」や「弱い思想」を追認しようとしているわけではない。大義とは一旦失われることによってのみその本質が理解できるのだなどという脱構築的逆説に訴えるわけでもない。それどころか、本書は今日では全体主義とかファシズムの名で過小評価されてきた大義を再評価することで、「あまりにも安易なリベラル民主主義的な代替案を問題化する」というラディカルな思考実験を試みているのである。

ジジェクはなぜかこの本のなかで、そもそも「失われた大義」が英語として広まるきっかけとなったアメリカ南北戦争についてはあまり語っていないが、つい最近では、一八二二年生まれとされる黒人女性奴隷ハリエット・タブマン（一八二二―一九一三年）が地下鉄道の車掌やスパイ、ひいては黒人解放の救世主として「モーゼ」とすら渾名されるほどになる歩みをたどったケイシー・レモンズ監督の映画『ハリエット』（二〇一九年）の後半にも、この言葉が象徴的に登場したのが記憶に新しい。彼女の名前は、これまでのアンドルー・ジャクソン第七代大統領に代わってアメリカ二〇ドル札の顔になる計画が進められているので、それによっても知られているだろう。タイミングよ

ハリエット・タブマン

く制作されアカデミー賞候補にもなったこの映画では、ハリエットを一度は売り飛ばそうとしていた奴隷所有者のギデオン・ブロデス（Gideon Brodess）が彼女を延々と追い回し、自分のところへ戻ってくるよう説得するも、彼女は発砲して威嚇するのだ。ハリエットはギデオンに対してこんな最後通告を突きつける。これからやがて奴隷制を終わらせる戦争すなわち南北戦争が起こること、奴隷所有者たちすなわち「あんたの仲間の若い連中はみんな失われた大義のために四苦八苦したあげく命を落としてるんだ」（The moans of a generation of young men …dying around you in agony … for a "lost cause." For a vile and wicked idea. For the sin of slavery)、「神様は人間が人間を所有することをお許しにならないんだよ、ギデオン」（God don't mean people to own people, Gideon, 下線部引用者）。加えてこうも言い放つ。「あたしたちの時代になるのさ」（Our time is near）。

　物語の中心は一八四九年にハリエットが逃亡するところから始まり、奴隷所有者ギデオンとの大立ち回りも南北戦争以前であるから、実のところ、この段階で「失われた大義」という単語が登場するのは、歴史的事実には即していない。一番早い用例は実はイギリスのマ

マシュー・アーノルド

シュー・アーノルドが一八六五年にオックスフォード大学のことを「失われた大義と捨てられた信仰、不人気な人々と地に落ちた忠誠心の故郷」(Home of lost causes, and forsaken beliefs, and unpopular names, and impossible loyalties)と呼んだときのものであり、恐らくは保守的懐旧的でいわゆる高教会派《ハイチャーチ》を目指したオックスフォード運動が彼の念頭にあったものと思われる。しかしこの単語が南北戦争の文脈で初めて使われるのは、アーノルドの用例の一年後に当たる一八六六年に『リッチモンド・エグザミナー』の編集長だったエドワード・ポラードが『失われた大義——南部連合国の戦争をめぐる標準的南部史』*The Lost Cause: The Standard Southern History of the War of the Confederates* を出版した時点であることは、『オックスフォード英語辞典』ほかの資料が実証する。つまり映画化の段階でレモンズ監督は、南北戦争により黒人奴隷制が解体された後の視点に立ち、南北戦争以前を生きるハリエットに奴隷制を「失われた大義」でしかないものと罵倒させているのであり、歴史改変ならぬ歴史改竄の誹りを免れない。

　ところが、ここで肝心なのは、そもそも「失われた大義」という概念自体が、歴史改竄の産物だということである。南北戦争は当初は黒人奴隷制の是非という大義をめぐって戦われた。けれども、いざ北部が勝利してみると、南部十一州は自分たちが連邦から合法的に脱退したこと、南部としては奴隷制というのは奴隷にとっても所有者にとっても慈愛に満ちた封建的制度として、その下で幸福に暮らしてきたものの、いずれは時代遅れになると思っていた、南部は結局北部の圧倒的な物量作戦によって敗北を喫したのだと喧伝するようになる。南部はいわば結果によって原因を作り替える物語学を発揮するようになったのである。

　もともと南部の黒人奴隷制社会では、黒人奴隷たちは主人に仕え幸福

「失われた大義」を詳細に分析した Edward H. Bonekemper による *The Myth of the Lost Cause*

な生活を送っていたのだ、彼らは知的には劣等でも犬のように従順で満ち足りていたのだと信じて疑わない封建主義が、最大の大義であった。ところがそれが敗戦によって根本から覆ってしまい、フレデリック・ダグラスやハリエット・ジェイコブズのように知的に劣等どころではない、知的に卓越した黒人奴隷たちがプランテーションを脱走して自伝を書き奴隷制の害悪を暴き立てたがために、南部の支配階級は敗戦後、戦略を切り替える。南部が負けたのは、合法的な連邦脱退を行なったのに北部の激越な軍事力には敵わなかったためだという風に、あくまで事後的に理屈を練り直し、黒人奴隷制の罪悪そのものについては、ついぞ反省することはない。こうした因果律転倒では原因（cause）そのものが改変され脱構築されてしまうのだから、まさに「失われた大義」（lost cause）と呼ぶほかない。「失われた大義」（the lost cause）は「再発明された原因」（the re-invented cause）と言い換えてもいいだろう。

さらに南部はこの「失われた大義神話」を増強するために、南軍のリー将軍は抜群に優れていたのにジェイムズ・ロングストリート司令官がゲティスバーグの戦いでリー将軍の命令に素直に従わなかったが故に敗色を強めたのだという伝説も作り出した。こうすればリー将軍はイエス・キリストで、ロングストリートは裏切り者ユダであるというキリスト教的予型論の構図が出来上がるからである。ちなみに南軍兵士たちは敬虔なる聖徒であり、南部婦人たちは聖母マリアの役回りになる。さらにジュバル・アーリーを中心とする南部の論客たちは、リー将軍を神格化しようとするあまりに、北軍のユリシーズ・グラント将軍を知性はないがただただ殺傷能力にのみ秀でた屠殺業者（butcher）でしかないと貶める言説も作り出した。それは、北軍が仕掛けたのが罪もない人々を巻き添えにする二十世紀的ホロコーストにも似た「全面戦争」（Total War）だったという言いがかりをも補強した。昨今ならばトランプ第四十五代アメリカ大統領政権特有の脱真実《ポスト・トゥルース》や事実改変《オールタナティヴ・ファクト》を連想する向きもあろうが、しかしふりかえってみるならば、元々イギリスを追い出されたピューリタンたちが発展させたのは、結果によって原因を書き換える予型論的想像力であった。「アメリカは物語から始まった国だ」と私が折に触れて述べてきたのは、まさにこうした因果転倒の予型論的想像力を念頭に置いているからである。

本塾文学部英米文学専攻のアメリカ文学研究会（ゼミ）において三十一年間教鞭を執った

経験から言っても、二十一世紀の今日でもなお、敗北したアメリカ南部の「失われた大義」とともに白人優越主義的秘密結社KKKの暗躍を隠さないマーガレット・ミッチェルの『風と共に去りぬ』（原著一九三六年、映画化一九三九年）の人気は絶大というほかない。この小説をテーマにした卒論が、平均するとほぼ五年に一本の頻度で女子学生から提出されてきたのは、南部敗戦という苦難を乗り越えていくヒロインの生命力が、世代を超えて広く読者に訴えるからであろう。加えて、この小説と同年に代表作の一つ『アブサロム、アブサロム！』を発表したノーベル文学賞作家ウィリアム・フォークナー自身が絶えず「失われた大義」を意識し、一九五五年に最初で最後の来日を遂げたときには、「日本の若者たちへ」という書簡のなかで、アメリカ南部と戦後日本とが敗戦国であるという点で共通しているからこそ、やがて日本人作家のなかからノーベル文学賞作家が現れるであろうと予言したことも、日本人が南部神話に親近感を持ちやすくなった要因と思われる。ハリウッド映画では他にもサイレント映画の巨匠グリフィス監督の『國民の創生』（一九一五年）やスパイク・リー監督の『マルコムX』（一九九二年）など「失われた大義」の象徴たるKKKを象徴的に描いたものから、同じリー監督の『ブラック・クランズマン』（二〇一八年）のようにＫＫＫの存在そのものを辛辣に風刺したものまでひしめく。

そのなかで一つ忘れてはならないのは、一見したところ南部映画としては記憶されないかもしれないロバート・ゼメキス監督、トム・ハンクス主演のアカデミー賞受賞作『フォレスト・ガンプ』（一九九四年）もまた、南部はアラバマ州出身の白痴賢者《イディオ・サヴァン》を主役に南部神話を補強する作品として評価されていることだ。それは、主人公フォレストの名前が、テネシー州出身で南部連合国軍の中将であり、ＫＫＫの結成者でもあるネイサン・ベッドフォード・フォレスト（Nathan Bedford Forrest、一八二一―七七年）に因むというあまりにも明確な、にもかかわらず見落とされがちな設定からも推察されよう。彼の母は「人間というのは時としてまったくわけがわからないことをしでかすものだ」という戒めとしてこう命名したのだという。

ネイサン・ベッドフォード・フォレスト

だが、今回、「失われた大義」について考えてみたいと思った理由は、昨今ではこの単語"the Lost Cause"が、必ずしもアメリカ南北戦争史とは関わらない脈絡において、グローバルに応用され再検討されているからだ。

たとえば、一九三九年に公開されたヴィクター・フレミング監督、ヴィヴィアン・リー主演の『風と共に去りぬ』はアカデミー賞の九部門を受賞した大ヒット映画であり、原作小説とともに「失われた大義」神話の普及に貢献している。ヴォルフガング・シヴェルブシュも述べるように、一九三〇年代アメリカが経験した経済的繁栄から大恐慌への失墜、そしてニューディールへの道筋は、まさに一八六〇年代の南北戦争における南部が敗戦から再建期を通して辿った道筋と重なり、その意味で敗戦を乗り越える「失われた大義」はアメリカ合衆国全体が共有すべき文化的財産として国有化(nationalization)されたのである(Wolfgang Schivelbusch, *The Culture of Defeat: on National Trauma, Mourning, and Recovery* [Picador, 2001], p.91)。

3．キャプラ『スミス都へ行く』における負け戦

ここで、アメリカ南部史で語られることはほとんどないが、映画『風と共に去りぬ』とまったく同じ一九三九年に封切られたフランク・キャプラ監督、ルイス・フォスター原作、ジェイムズ・スチュアート主演の『スミス都へ行く』を、忘れるわけにはいかない。『風と共に去りぬ』が同年のアカデミー賞のほとんどの部門を総なめにしていたさなか、『スミス都へ行く』は同年のアカデミー賞原案賞をひっそり受賞している。物語は、アメリカ中西部はミネソタと思われる州でひとりの上院議員が亡くなり、その欠員を埋めるためにボーイスカウトの団長を務め子どもたちに人気のある純真無垢なジェファソン・スミスが新しい上院議員とな

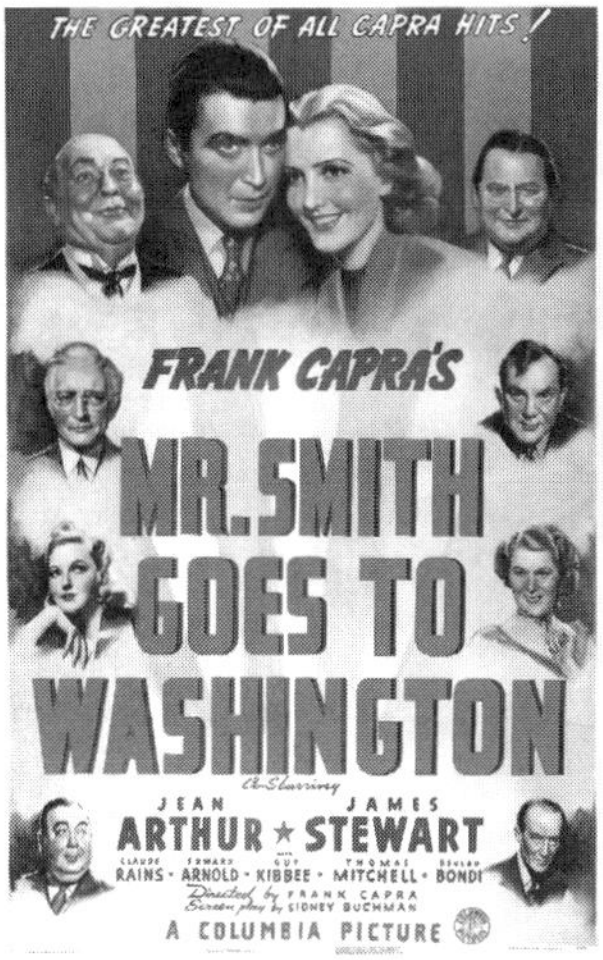

映画『スミス都へ行く』のポスター

るところから始まる。同じ州からはもう一人、年配のペイン上院議員が選ばれており、新米議員の相談役として心強かった。しかもペイン上院議員はかつてジェファソンの父親で敏腕ジャーナリストだった故クレイトン・スミスとは、共に炭鉱会社の巨悪を敵に回して戦った親友同士だった。両者はワシントンＤＣへ向かう汽車の中でこんな会話をする。

ジェファソン：父の口癖は「死守するに値する唯一の大義」は「失われた大義」だということでした（Dad always used to say the only causes worth fighting for were lost causes）。

ペイン：忘れちゃいないよ、ジェフ。ぼくらは同志だったんだからね。戦う編集者と戦う弁護士の二人組さ。「負け戦の二人組」なんて揶揄されたもんだよ（You don't have to tell me Jeff. We were a team, the two of us, a struggling editor and struggling lawyer. The twin champions of lost causes, they used to call us）。（p.26）

キャプラはイタリア系カリフォルニア移民、スチュアートは北部ペンシルヴェニア州出身で、ルイス・フォスターは境界州ミズーリ州出身。いずれも南北戦争後に敗者の屈辱を噛み締めるような南部出身者ではない。それならばここで語られる“lost causes”というのは何なのかといえば、現代では「とうに失われてしまった大義」であると同時に、それこそ聖書神話で言う、巨大なゴリアテのような組織にも敵わないと知りつつ挑んでいくダビデのような存在が戦う「負け戦」のことをも指す。かくして映画では後半、リンカーン大統領を尊敬してやまないジェファソン・スミスが大企業と政治家が癒着した汚職を暴き立て、法律に従って単独でも延々と演説を続ける「議事妨害」(filibuster)を行うところが最大の見ものなのだが、その折に、尊敬し切っていたペインですらそうした汚職と無縁ではない事実が露呈すると、ジェファソンは議会全体に向かってこう語りかける。

ジェファソン:みなさんは「失われた大義」のことをご存知ないでしょう。しかしペイン議員は知っています。彼はかつて「失われた大義こそはたとえ負け戦になっても死守するに値するものだ」と語りました。それが意味するところは簡潔明快、「汝の隣人を愛せよ」なる掟、これだけです。そして憎しみに満ち満ちた現代世界では、このたった一つの掟を心に抱く人物だけが、信頼に値するのです（All you people don't know about lost causes. Mr. Paine does. He said once they were the only causes worth fighting for them. Because of just one plain, simple rule. "Love thy neighbor," and in this world today, full of hatred, a man who knows that one rule has a great trust）。（p.157）

ここでも「負け戦」のニュアンスに変わりはないが、その内実がグッと鮮明になっている。すなわち、現代においては企業と政治家が癒着して汚職にまみれ、世論は真実を隠匿すべく企業の黒幕が作り出し、世間には憎しみがはびこっており、聖書にいう「汝の隣人を愛せよ」なる掟に象徴される大義はとっくに失われてしまい、それを死守するなどというのはもはや割に合わないという認識が、その根底にある。にもかかわらず、結局は負けてしまうかもしれないけれども、そうした純粋な大義のためにドン・キホーテ的な闘争を続けることは決して無意味ではないだろうと、ジェファソンは主張しているのである。

このように物語を再確認した上で、我が国を代表する映画研究家・平野共余子氏が刊行したニューヨーク大学博士論文 *Mr. Smith Goes to Tokyo: Japanese Cinema under the American Occupation, 1945-1952* (Smithsonian, 1992) を読み直すと興味深い。同書で平野氏が明らかにしたのは、まさに『スミス都へ行く』が主題にした「失われた大義」を反復するかのように、第二次世界大戦敗戦後の日本の映画人がＧＨＱの支配下で徹底した言論検閲を受け、以後の日本映画では天皇制や帝国主義を連想させる表現は一切行なってはならず、むしろアメリカ民主主義の象徴である男女の健全なキスシーンを盛り込むべきことを強要されたという歴史的事実であった。それは一定の言論検閲の下で戦前には有効だった大義が一切剥奪され、新たに海外から植え付けられた大義のもとで表現者が精一杯努力せねばならない時代の到来を意味する。この論考に共鳴した現在最も先鋭的な劇作家・坂手洋二氏は、同書の邦題「天皇と接吻」を借りて、同書内容をそっくりそのまま舞台化してみせた。

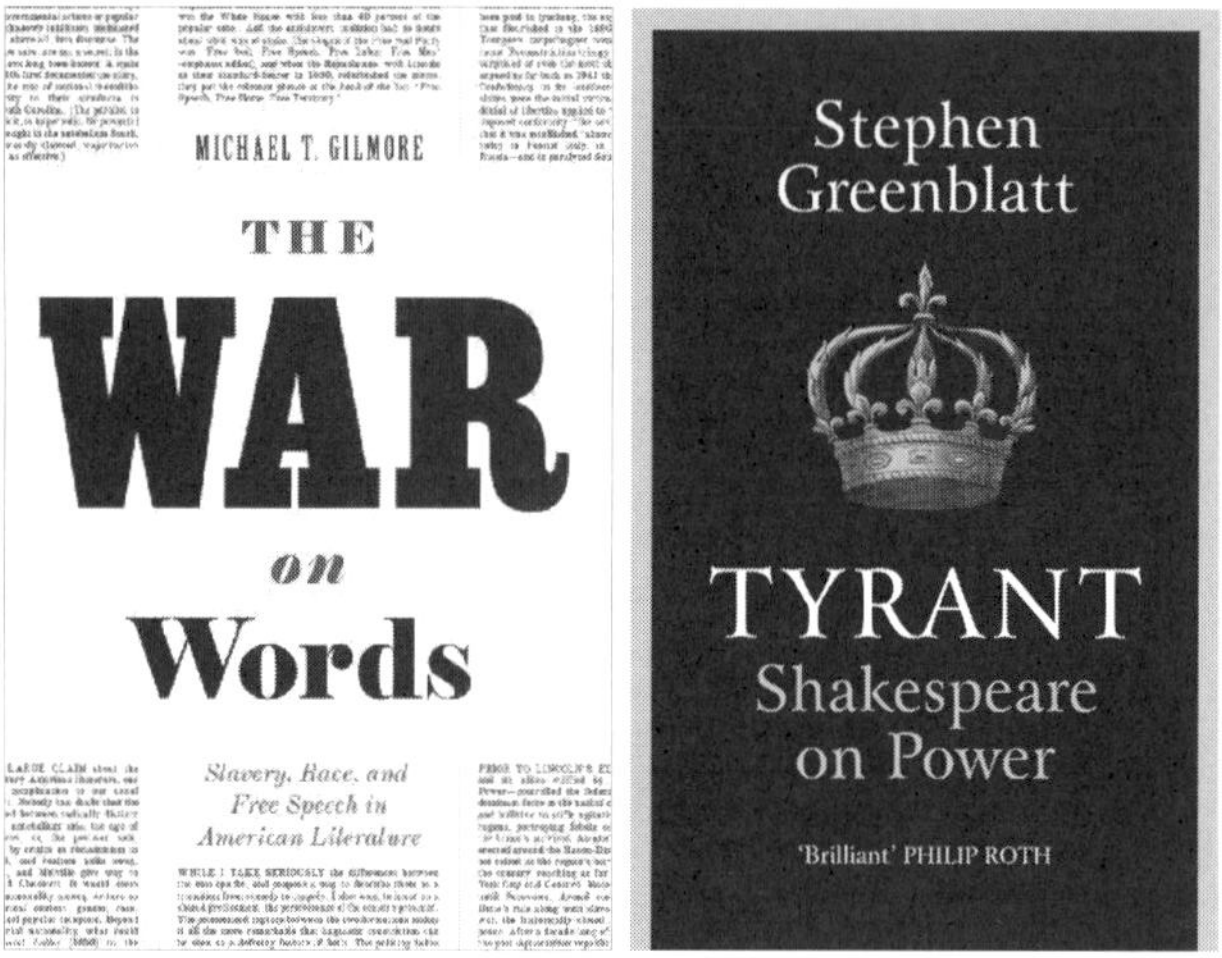

（右）グリーンブラットの『暴君』／ギルモアの『言葉をめぐる戦争』

普仏戦争以後を扱うドーデの「最後の授業」では第二帝政期の大義とともにフランス語という国語が失われ、戦後のGHQ支配においては神国日本という大義に連なる言論が一切封じられた。しかし、そのような言語的言論的制約は本当に芸術表現上の障害でしかないのだろうか。スティーヴン・グリーンブラットも『暴君』（二〇一八年）でいうように、かのシェイクスピアはエリザベス朝におけるカトリック信者に対する過酷な扱いを熟知していたからこそ、戯曲のなかで直接に表現することを回避しレトリックを練り上げ、作品の解釈を役者や観客に任せている。またマイケル・ギルモアも『言葉をめぐる戦争』(二〇一〇年)でいうように、南北戦争以前には奴隷制について言及すること自体が検閲の対象となっていたから、たとえばハーマン・メルヴィルは黒人奴隷の反乱を描く「ベニト・セレノ」(一八五五年)の時代設定を十八世紀にズラしてみせている。その要領でいけば、ナサニエル・ホーソーンが「僕の親戚モリヌー少佐」(一八三二年)のなかで、十九世紀前半においては奴隷制廃止論者に対して行われていたタールと羽根のリンチを十八世紀のアメリカ独立革命時代にズラして展開したゆえんも説明できる。言論検閲のなかで執筆することは、表現者にとっては負け戦と知りつつも戦わねばならない闘争なのである。

"The Lost Cause"を「失われた大義」と訳すと、何らかの闘争の決着がついた後にひねり出される歴史捏造の印象が強いものの、他方これを「負け戦」と訳すなら、何らかの闘争に臨む前の段階で、たとえ不利な戦いになるとわかっていても身を投じようとする人間主体の印象が強い。この双方の語義を日本語で一気に掬い取るのは至難の業である。

4. 福澤諭吉と環太平洋的スペクトラム ——『瘠我慢の説』と戊辰戦争（一八六八―六九）

けれども、幸い、われわれは福澤諭吉の『瘠我慢の説』（一八九一年執筆、一九〇一年発表）というテクストに恵まれている。もちろん、福澤といえばまずは、ドーデの「最後の授業」とまったく同じ年にその初編が出た『学問のすゝめ』（一八七二―七六年）が念頭に浮かぶだろう。だが、明治維新に至るまでに二度も渡米した福澤の背後には、さまざまなアメリカ知識人の姿が見え隠れする。たとえば彼がトマス・ジェファソン草稿執筆になるアメリカ独立革命時代の「独立宣言」（一七七六年）の本邦初訳を行い『西洋事情』（初編巻之二、一八六六年）に収めたこと。『学問のすゝめ』はアメリカ独立精神のみならず十九世紀アメリカ超越主義者ラルフ・ウォルドー・エマソンの「アメ

トマス・ジェファソン

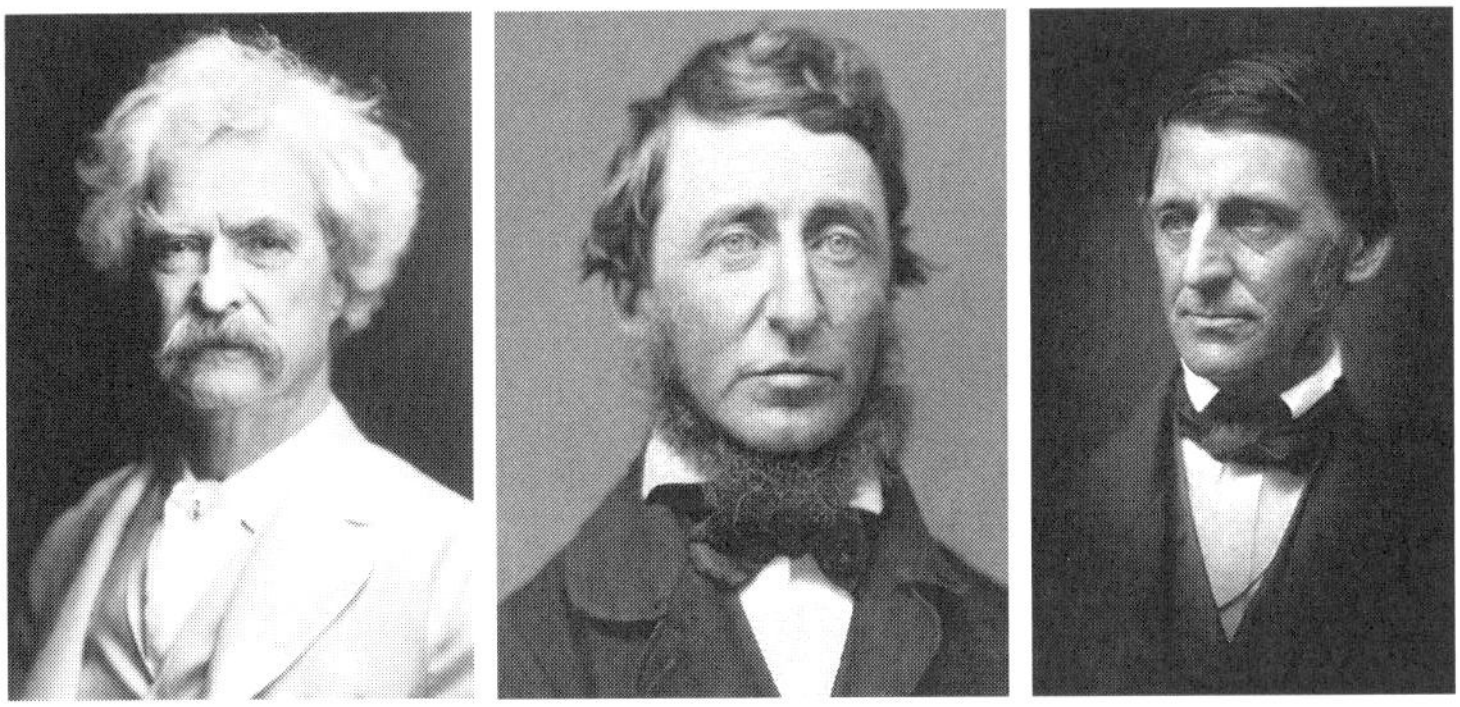

（左から）マーク・トウェイン、ヘンリー・デイヴィッド・ソロー、
ラルフ・ウォルドー・エマソン

リカの学者」（一八三七年）や「自己依存」（一八四一年）など、学問を介した自己確立のヴィジョンすなわち独立自尊の理念と共振するところが多いこと。そして口述筆記による『福翁自伝』（一八九九年）における幼少期から晩年に至る記述がアメリカ建国の父祖の代表格であるベンジャミン・フランクリンから福澤とまったく同い年の国民的リアリズム作家マーク・トウェインを彷彿とさせること。福澤が慶應義塾のみならず近代日本の父であるのは、まさに時代の寵児である彼の知的スペクトラムにおいて、フランクリンからジェファソン、エマソン、トウェインに及ぶアメリカ知識人群像が——意識していたか否かを問わず——反映され乱反射していたからではないか、というのが私の

戊辰戦争のさなか、講義を続ける福澤諭吉を描いた「福澤諭吉ウェーランド経済書講述の図」（安田靫彦作／画像提供：慶應義塾福澤研究センター）。

仮説である。

それでは、この仮説のなかで前掲「瘠我慢の説」はどのような位置を占めるか。

近代日本の父であり慶應義塾の創立者でもある福澤諭吉は、基本的に徳川幕府に忠誠を誓うところから出発した幕臣である。けれども、やがて自ら幕府に見切りをつけるようになったことは、多くの証拠が物語る。かくして一八六八年五月には、江戸で幕府軍が決定的な敗北を喫することになった戊辰戦争の渦中でも世間の荒波には動じず、三田の山上にて塾生たちを相手に、ブラウン大学学長のフランシス・ウェーランドが執筆した経済書を講述し続けた。「この慶應義塾は日本の洋学のためにはオランダの出島と同様、世の中にいかなる騒動があっても変乱があっても、いまだかつて洋学の命脈を絶やしたことはないぞよ。慶應義塾は一日も休業したことはない。この塾のあらんかぎり大日本は世界の文明国である。世間に頓着するな」（『福翁自伝』土橋俊一校訂・校註［原著一八九九年、講談社、一九七一年］、二二〇—二二一頁）。このエピソードは、仮に今日の政府がいかに人文学をはじめとする学問の弾圧を激化させようとも学問の自由及び学問の発展のためには断じて屈してはならないという、それこそドーデとも通ずる「学ぶことのアレゴリー」を含むものとして、昨今では回想されることが多い。

若き日の福澤諭吉

ところが明治維新後になると、福澤はかつてはともに咸臨丸に乗った仲でありながら、幕府解体後の新政府樹立を睨んで江戸城を無血開城へ持ち込み要職についた勝海舟を抜本的に批判するようになる。「勝氏は予《あらかじ》め必敗を期し、その未だ実際に敗れざるに先んじ

勝海舟

て自《みずか》ら自家の大権を投棄し、只管《ひたすら》平和を買わんと勉《つと》めたる者なれば、兵乱の為《た》めに人を殺し財を散ずるの禍をば軽くしたりと雖も、立国の要素たる瘠我慢の士風を傷《そこな》うたるの責《せめ》は免《まぬか》るべからず」（「瘠我慢の説」一一七頁）。敵に対して勝算がなくとも徹底抗戦することこそが武士道には必須の「瘠我慢」であり、徳川家康を支えた三河武士の「士風の美」はその賜物であって、だからこそ家康は天下を取ったのだ、明治維新はこの「瘠我慢」の伝統を踏みにじったのだと、福澤は説く。

福澤といえば紛れもなく「脱亜入欧」を説いた近代主義者であり文明開化の立役者であり「門閥制度は親の仇でござる」という名言をも残しているものの、にもかかわらず彼の内部では元々は幕臣であり士族であるという封建的美徳が根強く残存していた。近代合理主義と武士道精神という、一見したところ矛盾せる二つの大義を内部に併存させていたのだ。近代化という大義を実現し近代国家を樹立するにはいたずらに西欧へ盲従するのではなく、むしろとうに「失われた大義」とみなされがちな日本的精神を立国の最大の原理として維持し続けることを不可欠と考える士族の洋学者、それが福澤諭吉であった。具体的には、一八六八年五月の戊辰戦争当時の福澤自身は必ずしも刀を振り回すわけではなく、あくまで洋学者として塾生相手にウェーランドの経済書をひたすら講述していたわけであるから、そこにこそ限りなく瘠我慢に近い抵抗の精神が発揮されていたのかもしれない。

そして、ここでいう福澤の「瘠我慢」の精神こそは、まさしく負け戦と知りつつも南北戦争を戦った南部の騎士道精神のみならず、北部の知識人においてもエマソンの愛弟子ヘンリー・デイヴィッド・ソローのように、奴隷制拡大を増長させてしまう米墨戦争への抗議から人頭税支払いを拒絶し牢獄へ収監され、のちに「市民的不服従」（一八四九年）をものすことになる知識人の姿勢にも当てはまる。ソローはアメリカ合衆国憲法そのものの限界を指摘し、「不公正な法律が存在する」（Unjust laws exist）「人間を不正に投獄するような政府のもとでは、正義の人間が真の居場所とすべきところもまた牢獄である」（Under a government which imprisons any unjustly, the true place for a just man is also a prison）と喝破した。そして牢獄へ迎えに来た師匠エマソンに対して「なぜあなたもここへ入らないのですか？」と問いかけたのはあまりにも有名なエピソードである。ソローが考える正義を大義と考えるならば、彼もまた、奴隷制廃止をまだ確定していない時代のアメリカ政府に、負け戦と知りつつ蟷螂の斧を向けた瘠我慢の闘士であり、まさにそのことによって、南北戦争後の近代国家像を予見したと言ってよい。

5. 結語――物語の瞬間

戦後から二十一世紀現在へ至る日本は、南北戦争や普仏戦争、戊辰戦争に比肩する天下分け目の戦争には、必ずしも遭遇していないかもしれない。けれども、二〇二〇年以来全世界を覆っているコロナ禍は、まさにもうひとつの戦争と呼ぶに値するし、人類は間違いなく一種の負け戦を戦い続けているだろう。その結果、コロナ禍以前には自明と思われていたさまざまな大義が次々に失われ、世界のありようはその根本から着実に塗り替えられている。

民主主義も資本主義も例外ではない。それは普仏戦争後のアルザス＝ロレーヌ割譲に付随する第二帝政から第三共和政への移行や南北戦争後の再建期に伴う南部の北部化、ひいては戊辰戦争後の徳川幕府に取って代わる中央集権的政府の形成などに勝るとも劣らない。人々はそうした世界的パラダイム・シフトを目前にすると、過去の価値観の一切合切を次々に断捨離していく。だが、にもかかわらず、なかには決して失われてはならない大義、瘠我慢してでも維持していくべき大義、仮に一時的に失われてものちに復活させるべき大義が含まれている。げんにアメリカ合衆国は世界初の近代民主主義の実験場として出発し画期的なパラダイム・シフトを成し遂げたはずだが、にもかかわらず以後も中世的な封建主義や貴族主義は南部のプランテーション経営者ばかりではなく、北部のボストン知識人においても根強く継承されるに至った。もちろん戦争や自然災害を経た転形期にあっては言語や言論、要するに言葉そのものにますます制約がかかるだろう。しかしまさにそうした制約を耐え忍び、負け戦になるかもしれないと懸念しつつも戦略を練り表現に磨きをかけるところから新しい物語が生まれ落ちることもまた、事実なのである。先ほど言及したスラヴォイ・ジジェクも

「失われた大義」を再評価する大著『大義を忘れるな』（原著二〇〇八年、中山徹&鈴木英明訳［青土社］二〇一〇年）において、アラン・バディウを援用しながらこう言っている。「〈出来事〉に無関心な非−存在よりは、〈出来事〉に忠実な大失敗のほうがましである」"Better a disaster of fidelity to the Event than a non-being of indifference towards the Event." そしてさらに、サミュエル・ベケットの言葉を借りて論点を補強する。「ひとは失敗しても、そこであきらめず、さらにうまく失敗することができる。それに対し、無関心は、低級な〈存在〉という沼の奥深くへとわれわれを引きずり込んでいく」"after one fails, one can go on and fail better, while indifference drowns us deeper and deeper in the morass of imbecile Being" (Slavoj Žižek, *in Defense of Lost Causes* [Verso, 2008], p.7)

ナショナリズムが勃興しコロナ禍が蔓延して人類が存在論的危機にさらされている時代は、確かに恐ろしい。こんな時代に、人々はパラノイド的陰謀論に走りやすくなるだろう。だが、まさにそうした底なしの危機のさなかでも——いやむしろ全てが変化し矛盾に引き裂かれるかのように見える転形期だからこそ——表現者が最後まで諦めることなく言葉の力を信じ、これまでになく魅力的な物語がもたらされるものと感じ続けているのは、決して私だけではあるまい。そのとき最大の霊感源となるのは「失われた大義」の神話自体が時代を超え国家を超えてグローバルに生き延びてきた歴史そのものかもしれないのである。

◉参考文献

Bonekemper III, Edward H. *The Myth of the Lost Cause: Why the South Fought the Civil War and Why the North Won*. Regnery History, 2015.

Gallagher, Gary W. and Alan T. Nolan. *The Myth of the Lost Cause and Civil War History*. Indiana UP, 2000.

Gilmore, Michael T. *The War on Words: Slavery, Race, and Free Speech in American Literature*. U of Chicago P, 2010.

Greenblatt, Stephen. *Tyrant: Shakespeare on Politics*. Norton, 2018.

Harriet. Directed by Kasi Lemmons, Performance by Cynthia Erivo. Perfect World Pictures, 2019.

Hirano, Kyoko. *Mr. Smith Goes to Tokyo: Japanese Cinema under the American Occupation, 1945-1952.* Smithsonian, 1992. 平野共余子訳『天皇と接吻――アメリカ占領下の日本映画検閲』（草思社、一九九八年）。

Matthews, John T. *The Sound and the Fury: Faulkner and the Lost Cause.* Twayne, 1991.

Mr. Smith Goes to Washington. Written by Lewis R. Foster, Directed by Frank Capra. Columbia Pictures, 1939.

Schivelbusch, Wolfgang. *The Culture of Defeat: on National Trauma, Mourning, and Recovery.* 2001. Tr. Jefferson Chase. Picador, 2004. 福本義憲他訳『敗北の文化――敗戦トラウマ・回復・再生』（法政大学出版局、二〇〇七年）。

Žižek, Slavoj. *In Defense of Lost Causes.* Verso, 2008. 中山徹&鈴木英明訳『大義を忘れるな』（青土社、二〇一〇年）。

安藤優一郎『勝海舟と福澤諭吉――維新を生きた二人の幕臣』（日本経済新聞出版社、二〇一一年）

坂手洋二『天皇と接吻――坂手洋二戯曲集』（カモミール社、二〇〇二年）。

篠森ゆりこ『ハリエット・タブマン――彼女の言葉でたどる生涯』（法政大学出版局、二〇二〇年）。

田中克彦『ことばと国家』（岩波書店、一九八一年）。

ドーデ『最後の授業』南本史訳、ポプラ社、二〇〇七年。原文 *LA DERNIÈRE CLASSE* (https://fr.wikisource.org/wiki/Les_Contes_du_lundi/La_Dernière_classe) と英訳 "The Last Lesson" (https://ncert.nic.in/ncerts/l/lefl101.pdf) も参照した。

蓮實重彦『反=日本語論』(原著一九七七年、筑摩書房、一九八六年)。

府川源一郎『消えた「最後の授業」 言葉・国家・教育』(大修館書店、一九九二年)。

福澤諭吉『福澤諭吉著作集第九巻 丁丑公論 瘠我慢の説』(原著一九〇一年、慶應義塾大学出版会、二〇〇二年)。

——『福翁自伝』土橋俊一校訂・校註(原著一八九九年、講談社、一九七一年)。

第二部

モダニズムと慶應義塾

——世界文学の曙——

0. 序説——福澤諭吉の逆説

人文学の使命を考えるとき、決まって浮かんでくる一枚の「絵」がある。

ときは、慶應四年（一八六八年）の五月十五日。維新政府軍と旧幕府派の対立がエスカレートしたあげく戊辰戦争が勃発し、官軍と上野彰義隊の戦いを迎えた江戸市中が混乱をきわめていたさなか。

場所は、福澤諭吉（一八三五—一九〇一年）がそれまで十年間やってきた私塾を芝新銭座（現在の港区浜松町）の有馬家控屋敷跡に移転し、年号にちなんで「慶應義塾」と命名した近代私学の教室。

町全体に砲声と怒号が響きわたり、一切の店舗は店じまいして、町民はいくさのゆくえを固唾を飲んで見守るばかりだ。『福翁自伝』（一八九九年）もこう伝えている。「芝居も寄席も見世物も料理茶屋もみな休んでしまって、八百八町は真の闇《やみ》、何が何やらわからないほど」。

ところが、このような時代を記述しつつも、その混沌のまっただなかで福澤自身が何をやっていたかというと、そうした世間の騒擾に一切心動かされることなく、いつもと変わらず土曜日の日課である北米の代表的経済学者にしてブラウン大学学長も務めたフランシス・ウェーランド（一七九六―一八六五年）の経済書『経済学要義』（Francis Wayland, *The Elements of Political Economy*,1866）を講述する授業を平然と続けていたのだ。いうまでもなく、現在の大学キャンパスではないから、教室と言っても畳張の座敷であり、小さな書見台を前にした羽織袴の福澤が、一人洋書を右手に携え、朗々とその内容を塾生たちに説いている。その背後の窓の外には、上野の方角にもくもくと立ち上る砲煙が見えるが、福澤は振り向こうともしない。塾生たちはと言えば、やはり羽織袴姿で、小さな机を前に、講義にじっと耳を傾けている（本書五四頁図参照）。あるいは、机に広げた帳面に先生の講義内容を書きつけているのかもしれない。

世の中は一国の行く末を左右する騒乱に揺れ動いているというのに、それをよそに黙々と授業を続けるとは、まことに能天気な風景だと思うだろうか。しかし、まさにこのときの福澤先生の姿こそは、世の中にたとえいかなる変動があっても、慶應義塾の存する限り、わが国における学問の命脈が絶えることはないことを象徴するエピソードとして、長く語り継がれてきた。それを記念して、一九五四年からは五月十五日は「ウェーランド経済書講述記念日」と定められ、戊辰戦争下の福澤を見習いつつ、毎年三田演説館で記念講演会が開かれている。それは、いかなる災厄の下にあっても保証されるべき「学問の自由」の記念日にほかならない。

以上は、阪神淡路大震災や東日本大震災、さらに今回のコロナ禍など、世間をゆるがす災厄が出来するたびに私が思い起こし、機会あるたびに塾生諸君にもくりかえし紹介してきたエピソードである。二〇一五年に自民党政府が安全保障関連法案、別名戦争法案を強引に可決し、それに伴い、国公立大学の教育・人文系の学部、大学院を廃止、再統合する構想を促進しようと試みたのは、早晩言論の自由、表現の自由、報道の自由への弾圧をもたらし、必然的に、日本国憲法第二十三条が保障する「学問の自由」そのものの抑圧を導くのではないかと、誰よりも大学関係者のなかに大きな焦燥感を煽り立てた。したがって、その夏に行われた慶應義塾大学内部の「有志の会」シンポジウム基調講演においても、私は戊辰戦争時の福澤先生の姿を強調したものだ。

とはいえ、慶應義塾のみならず明治維新以降の近代日本そのものの立役者である福澤諭吉といえば、門閥制度を「親の仇」と呪いつつも武士の魂を失わず、今日の三菱UFJの原型・東京銀行のさらなる原型たる横浜正金銀行の創設に尽力する一方、晩年は挙国一致を主張し日清戦争に大枚の寄付金を投じてアクティヴに時代と関わろうとした、近代化（モダナイゼーション）推進の権化という印象が強いだろう。

福澤諭吉は、その生年である一八三五年に注目する限り、アメリカ国民作家であり名作『ハックルベリー・フィンの冒険』（一八八五年）などで我が国でも広く親しまれるマーク・トウェイン（一八三五―一九一〇年）と同い年である。トウェインが子どもの頃はいわゆる悪童で、晩年にはキリスト教批判に赴くように、福澤諭吉もまた幼少期は悪童で、一切の宗教を信じず稲荷を冒涜した点などは、まことによく似ている。

けれども、基本的に福澤は、東京大学名誉教授の平川祐弘らが研究してきたように、十八世紀のベンジャミン・フランクリン（一七〇六―九〇年）やトマス・ジェファソン（一七四三

—一八二六年）らアメリカ建国の父の啓蒙主義思想や、十九世紀のラルフ・ウォルドー・エマソン（一八〇三—八二年）の超越主義思想と絶妙に連動する。エマソンの有名なエッセイである「アメリカの学者」"The American Scholar"（一八三七年）や「自己依存」"Self-Reliance"（一八四一年）の概念を念頭に置くと、一八七二年の福澤のベスセラー『学問のすゝめ』（一八七二—七六年）は、ほとんどエマソンの主張を、日本的にわかりやすく噛み砕いたのではないかというふうにさえ思えてくる。

そもそも福澤は一八五三年、マシュー・ペリー提督（一七九四—一八五八年）率いる黒船によって我が国が開国を迫られたのちに、一八六〇年と一八六七年の二回にわたって渡米しているが、その第一回訪米のさいに、咸臨丸で乗り合わせた中浜万次郎（ジョン万次郎、一八二七—九八年）とともに購入したのが、コネティカットの才人の一人ノア・ウェブスター編纂による一八五九年発行の『英語大辞典』*A Pronouncing and Defining Dictionary of the English Language* であり、のちに彼はそれを座右に置きつつてトマス・ジェファソン起草になる「独立宣言」（一七七六年）の本邦初の訳業（『西洋事情』一八六六年所収）をこなしている。

そのなかでジェファソンの殺し文句「すべての人間は平等である」"All men are created equal"を「天の人を生ずるは億兆皆同一撤にて」と訳したが、これはのちに「天は人の上に人を造らず、人の下に人を造らずといえり」なる名文にアレンジされて一八七二年の『学問のすゝめ』冒頭に置かれ、同書は七十万部を超す大ベストセラーとなり、アメリカ民主主義精神の極東における普及に大きく貢献した。

それだけではない。彼はまた、一八八三年にアメリカ留学中だった自らの子息を介して、キリスト教的三位一体を否定しジェファソン自身の思想的背景ともなった人間主義的体系ユニテリアニズムを知り、八四年には〈時事新報〉に本邦初のユニテリアン紹介記事を寄稿するばかりか、八七年にはアメリカのユニテリアン教会から派遣された宣教師アーサー・メイ・ナップとも親交を結び、彼の助言によって慶應義塾へのアメリカ人招聘講師を決定し、続々と招聘している。ナップはナップで福澤と出会ったこのときの印象について、その大柄で堂々とした感じがポスト・ユニテリアンとしての超絶主義思想家エマソンを彷彿とさせると語ったものである。十八世紀末から十九世紀まで、すなわち独立革命時代のフランクリンやジェファソン的な独立精神（independence）からロマン主義時代のエマソン的な自己依存（self-reliance）へ、さらには南北戦争以後、金メッキ時代のトウェイン的な叩き上げ人間像（self-made man）へ至るアメリカ史は、そっくりそのまま福澤自身の独立自尊が国家的独立へ、さらには文化的独立へ結実する歩みそのものだったと言ってよい。

『学問のすゝめ』の根本は「学校教育のなかだけで教えられるものが学問ではない、学問というものは日常生活の津々浦々にあるものだ」という主張だが、読みようによってはアメリカ的精神の一部に脈々と流れる反知性主義＝反権威主義（Anti-intellectualism）とも共振する。その鍵となる独立自尊は、自分自身というものを確立してこそ国が成立するという福澤先生ならではの思想だが、明らかに一八四一年のエマソンの「自己依存」"Self-Reliance"の概念に等しい。

これに先立つエマソン一八三七年のエッセイ「アメリカの学者」では学問を通してのみ自己が確立できることが説かれているわけだから、これも福澤の『学問のすゝめ』と同じ（英訳では“An Encouragement of learning”）というほかない。エマソンが言っている“Scholar”は、日本語で言う職業的な学者という意味ではなく、ものを学ぶ人全体を指す。昨今では自己啓発本ライターとすら目されるエマソンが、十八世紀の啓蒙主義思想から十九世紀の超越主義思想へ至る歩みにおいて、キリスト教的な神よりも民主主義的な近代的個人の自己確立を中核に据えた近代的意識（モダニティ）を元に国家自体の独立を図ろうとした福澤諭吉に大きく訴えたであろうことは、想像に難くない。

こうした典型的な近代日本の父・福澤をふまえて冒頭のウェーランド経済書講述者・福澤へ立ち戻るならば、いささかの齟齬を感じる向きもあろう。社会や経済、政治へ積極的に関与し天下国家を論じてやまない行動派の福澤を知ってしまうと、初期の彼の静謐なる学究としての姿はいかにも寡黙なまでに象牙の塔を死守しているように見えるからだ。福澤を表す最も一般的なキーワードの一つが「実学」であってみれば、純然たる知的探究のイメージとは一見食い違うように見えるかもしれないが、ただし彼の言う「実学」は断じて世の中にすぐ役に立つ学問を指すのではなく、あくまで「真実の学問」すなわち「窮理の学」としてのサイエンスを指すので、むしろ学問そのものとみなすことができる。福澤本人が「学問の独立」（一八八三年）で説くように、「元来学問は、他の武芸または美術等に等しく、まったく政治に関心を持たず、いかなる主義の者にてもただその学術を教授するの技倆ある者にさえあれば教員として妨げなきはず」なのである。そのようなヴィジョンを抱くがゆえに、一八七三年、福澤は日本最初の学術団体「明六社」の発足に参加し、一八七九年には日本学士院の原型たる東京学士会院初代会長を務め、一八八〇年には日本初の社交クラブ「交詢社」を設立した。それらはいずれも近代日本が西欧先進国と伍するために学問の独立すなわち自立性を確保するための制度づくりであった。

それでは、近代日本の父・福澤と学問の独立の擁護者・福澤はいかに両立しているのだろうか。結論から言えば、それはモダナイゼーションとその趨勢に対する一種の抵抗としてのモダニズムの関わりに等しい。第一部「最後の授業——慶應義塾とアメリカ」では、福澤における近代化精神が封建主義的にして前-近代的な武士道精神と二律背反的な関係を結んでいたことを語ったが、本稿では、まさに同じ近代化精神が世紀転換期の欧米で勃興したモダニズム精神とも共振するところがあったことを前提とする。近代化精神すなわちモダナイゼーションは学問を通して自己確立することが国家独立に通ずるという論理を身上とするが、その一方ではまったく同時に、独立国家の政治経済から学問や芸術そのものが独立しうるという治外法権にも似たモダニズムの論理が、ここでは永遠に拮抗し続けているのである。

福澤諭吉に対してモダニズムの文脈を適用するのは、至って奇妙に響くかもしれない。一般にモダニズムといえば、基本的には世紀転換期に胚胎し、二十世紀初頭にアメリカ詩人ガートルード・スタイン（一八七四―一九四六年）やフランス詩人アンドレ・ブルトン（一八九六―一九六六年）を筆頭とする多様な表現者たちが推進した反ロマンティシズムの前衛的表現運動の印象が強いからだ。二十世紀が幕を開けた瞬間、一九〇一年に亡くなった福澤が介入する隙はない。にもかかわらず、モダナイゼーションについて徹底的に思考した福澤が、モダナイゼーションに伴う政治経済空間と拮抗するモダニズム的な知的自律空間の青写真をも同時に構想していたことは見逃せない。両者のベクトルはまさに矛盾するように見えるだろう。けれども、まさにモダナイゼーションがなければその批判としてのモダニズムもあり得ず、モダニズムがなければモダナイゼーションの意義も再確認し得ないという逆説こそは、私たちの出発点である。

1．慶應義塾のモダニズム前史

1－1．早すぎた碩学――大秀才トマス・サージェント・ペリーの失敗

もちろん、前哨戦はあった。

慶應義塾は一八九〇年に大学部を設置して欧米の大学と提携したのちには、外国人教師を少なからず招聘するようになる。当初は英国国教会系のイギリス人学者に焦点を当てていたが、やがて福澤が米国ユニテリアン系とのコネクションを固めると、宣教師アーサー・M・ナップに人選を委託するようになり、その結果、ハーバード大学総長チャールズ・W・エリオット（一八三四―一九二六年）の人選で、初代文学科主任はブラウン大学出身のウィリ

アム・シールド・リスカムに決まる。彼の授業は一八九〇年から病気で帰国する一八九三年まで続き、そのあとをイギリス国教会系でケンブリッジ大学出身のアーサー・ロイドが引き継いだ。

当時の授業に関する資料はほとんど散逸しているが、しかしここで重要な人物による印象記が残っている。それは、一八九一年に慶應義塾大学部に入学し、のちに国際詩人として令名を馳せる野口米次郎（ヨネ・ノグチ）によるものだ。彼は当時の慶應義塾でイギリスの哲学者ハーバート・スペンサー（一八二〇―一九〇三年）の『教育論』（一八六一年）やアメリカ合衆国史、それにイギリス作家トマス・カーライル（一七九五―一八八一年）の『英雄と英雄崇拝』（一八四一年）などを学び感銘を受けたと述懐している。野口は一八九三年には渡米してしまうので、文学科で習ったとすればリスカム教授の授業だったかもしれない。しかし、これだけのデータからでも、当時のカリキュラムにおいて、ドイツ・ロマン派の精神を継ぎアメリカ・ロマン派のエマソンにも影響を与えたカーライルの代表作と、社会進化論者として明治日本の自由民権運動を刺激したスペンサーの代表作を学生に学ばせたことの教育的意義は窺われる。

だが、慶應義塾における英米文学研究において重要なのは、むしろ野口が渡米した後の一八九八年に、福澤がハーバード大学総長エリオットへの書簡で英文学の専門家を要請し、それに応じて、何と前掲ペリー提督の甥の子にあたるアメリカ文学者トマス・サージェ

トマス・サージェント・ペリー

ント・ペリー（一八四五―一九二八年）が慶應義塾へ派遣されたことだろう。一八九八年一月、福澤自身と、当時すでに慶應義塾に長く勤めていたハーバード大学出身の経済学者ギャレット・エドワーズがそれぞれエリオット総長に「慶應義塾の英文学教授」を推薦してほしいと丁重な書状をしたため、その結果、五月から始まる新学期に合わせて、ペリー教授一家の来日が実現した。その来日についてエドワーズはエリオット総長に対し「ペリー氏はまだあまり日本との接触がありませんが、大変気に入っているようです。新しいものばかりで感動し、鼻を窓に押し付けて行列の行進を見ている子どものようだと自分で言っています」と綴り（同

年五月五日)、福澤も同総長に「我々は彼に好感を持っており、このような実力のある優秀な学者を得たことを誇りに思っております」と書き送っている(同年六月九日)。当時は日本開国の意義が高く評価されており、ペリー提督の銅像を横浜に建立する計画も持ち上がっていたため、その甥の子は来日する前から、一種の国際的セレブとしての名声と歓待が保証されていた。じっさい、来日早々、ペリー教授に対しては、伊藤博文初代総理大臣や錚々たる貴族たち、国会議員たちなど社会的地位のある人々三百名ほどを集めた来日歓迎ガーデンパーティが催されている。だが、彼は必ずしも慶應義塾の望んだ「該博な文学者よりも役に立つ英語を面白く教えられる先生」("rather a practical and interesting teacher than a profound scholar" 106)(ドロッパースからエリオット総長への手紙、一八九八年一月二十六日付)に当てはまるとは言い切れない「本の虫」であった。彼の来日は、むしろボストン上流階級生まれであるばかりか印象派を代表するクロード・モネの直弟子にあたる画家であった妻

リーラ・キャボット・ペリー

リーラ・キャボット・ペリーのためにこそ、大きな意味を帯びたと推察される。

もちろん、アメリカ合衆国はその出発時点から「世界最初の民主主義の実験場」だったわけだから、原理的に階級というものは存在しえない。ところが、独立戦争に勝利したとき、初代大統領ジョージ・ワシントンを皇帝にしようという動きがあったのは事実だし、第二代大統領ジョン・アダムズに至っては、息子ジョン・クインシー・アダムズが第六代大統領になることで、なんと大統領職の世襲を実現させてしまった。第四十一代大統領ジョージ・H・W・ブッシュ（一九二四―二〇一八年）の長男ジョージ・W・ブッシュ（一八四六―）が第四十三代大統領に立候補し当選したとき、アダムズ家に関する伝記や研究の新刊が氾濫したのは、民主主義国家内部における貴族主義的世襲という点で、ブッシュ家と類推可能だったためである。そう、この民主主義国家にはその当初から貴族主義的なところがあり、それはのちに、知的にも財政的にも豊かな「ボストン・ブラーミン」なる貴族階級の成立を促す。

では、こうしたアメリカの貴族階級内部でペリー教授の妻リーラがいかに高い地位を占めていたのか。以下にボストン・ブラーミンをめぐる有名な詩を引く。

古き良きボストンへ乾杯!
この地こそは豆と鱈のふるさとと
そこではローエル家はキャボット家のみと語らい、
そしてキャボット家は神のみと語らう
(Here's to dear old Boston,
Home of the bean and the Cod
Where the Lowells speak only to the Cabots,
And the Cabots speak only to God)

ボストン・ブラーミンの名で親しまれるアメリカの貴族階級には、祖先から莫大な財産を受け継いでいるばかりか、その大半がハーバード大学に関わっているというインテリ一族が多い。主要メンバーには、アメリカの国民詩人ヘンリー・ワズワース・ロングフェロー（一八〇七―八二年）やボストン美術館の日本美術収蔵「ビゲロー・コレクション」の名で世界的に知られるウィリアム・スタージス・ビゲロー（一八五〇―一九二六年）、名探偵シャーロック・ホームズのモデルとなる医学者作家オリバー・ウェンデル・ホームズ（一八〇九―九四年）、それに親族には高名な天文学者やモダニズム詩人も含み、その名が北米の誇る近現代語学文学協会（MLA）の年間最優秀学術書を顕彰する賞に冠せられている文学者ジェイムズ・ラッセル・ローエル（一八一九―九一年）などが含まれていた。なかでもチャールズ川やメリマック川の水力を利用した紡績会社で莫大な富を築き、その業績を称えて町の名前にすらなっているローエル家の輝かしい歴史を知らない者はいない。けれども、そのローエル家ですら到底敵わず、神に一番近いとされるのがキャボット家であり、トマス・サージェント・ペリーはまさにそのキャボット家の気高い令嬢と結婚したのである。

元を辿るなら、トマス・サージェント・ペリーは、一八四五年に北米東海岸ロード・アイランド州ニューポートで生まれた。前述の通り、大伯父にはマシュー・ペリー提督が、母方の高祖父には建国の父祖ベンジャミン・フランクリンがいるという名門の出身である。十六歳でハーバード大学に入学し、フランスとドイツに留学。帰国後、一八六八年から母校でフランス語とドイツ語を教えながら、アメリカ初の文芸雑誌〈ノース・アメリカン・レビュー〉の編集部に入り、エマソンや当時のアメリカ文壇の中心とも言えるロングフェローらが創刊した月刊文芸誌〈アトランティック・マンスリー〉や革新主義的週刊誌〈ネイション〉といった一流メディアでも健筆をふるう。若干二十代前半の若者が、英米はもちろん仏独露の文学を自由自在に紹介し論評する新進文芸評論家として華々しくデビューしたのだ。

　当時といえば、一八六八年にボストンの文学仲間を中心した「ザ・クラブ」が発足した頃である。これはかつてエマソンや前掲ロングフェロー、ホームズ、ローエルらボストン上流階級《ブラーミン》に属する文学者たちが毎週土曜日に開いていた晩餐会「サタデイ・クラブ」の系統に属し、その一世代下の新進気鋭たちから成る若手の会であった。そもそもペリーが編集担当することになる前掲〈アトランティック・マンスリー〉にしても、もともとは「サタデイ・クラブ」がその機関誌として一八五七年に創刊したものである。彼はこの「ザ・クラブ」で、幼なじみの哲学者ウィリアム・ジェイムズ（一八四二―一九一〇年）と小説家ヘンリー・ジェイムズ（一八四三―一九一六年）の兄弟やリアリズム文壇の学部長《ディーン》なる異名を取るウィリアム・ディーン・ハウエルズ（一八三七―一九二〇年）、曽祖父と祖父にアメリカ合衆国大統領を持つ歴史家ヘンリー・アダムズ（一八三八―一九一八年）ら綺羅星のごとき顔ぶれとの談論風発を楽しんでいた。

この仲間のなかでもペリーの読書量が群を抜いていたことは、一八七一年から八一年のあいだに英米仏独露に及ぶ文学書七四四冊を書評していることからもわかるだろう。その圧倒的な読書力、転じては「本の虫」ぶりは友人のヘンリー・ジェイムズやホームズが太鼓判を押すところだ。さらに彼は、マーク・トウェインの才能を見出すばかりか、大御所ハウエルズにフランス作家バルザックやフロベール、ドーデ、イギリス作家ジョージ・エリオット、ロシア作家ツルゲーネフを勧め、二十世紀になってからは自らロシア語を学んでトルストイ、ドストエフスキー、それにチェーホフを原文で読みこなすに至っている。

しかし、一八七七年にハーバード大学の英文学講師となるも、凡庸な上司アダムズ・

シャーマン・ヒル教授（一八三三―一九一〇年）との人間関係がうまくいかなかったがために一八八一年には契約更新されず、チャールズ・エリオット総長もそれに異議を唱えなかった。かくしてペリーはハーバード大学を辞する……というか追い出されることになるが、友人たちの厚意で基金が成立し、一八八一年から八二年まで、彼は大学の教室を借りて無料講義を行い、それを元に主著『十八世紀英文学』（一八八三年）を刊行。以後も『オビッツからレッシングまで』（一八八五年）、『スノッブの進化』（一八八七年）、『ギリシャ文学史』（一八九〇年）など重厚な研究書を続々世に問う。

この世紀転換期はハムリン・ガーランド（一八六〇―一九四〇年）やジャック・ロンドン（一八七六―一九一六年）、フランク・ノリス（一八七〇―一九〇二年）、シオドア・ドライサー（一八七一―一九四五年）などダーウィン進化論やニーチェの生の哲学を吸収した自然主義作家が輩出した時代であり、その傾向は文学研究においても無縁ではない。ペリーはスペンサー譲りの社会進化論を応用し、ロマンティシズム的な天才論を排して文学もまた一定の法則で進化するものと考え、先行するイギリス人学者レズリー・スティーヴンの『十八世紀英国思想史』（一八七六年）などの進化論的文学史の成果を貪欲に取り入れた。

ペリーはまさに進化論と手に手を取ったリアリズム、自然主義文学と伴走する学者批評家であり、さらに画家である妻リーラがエマソン的超越主義の影響を受けながらモネを代表とする印象主義を自家薬籠中のものにしていたとなれば、モダニズムまであと一歩の地点まで来ていたのである。

けれども、それ以降、大学からもジャーナリズムからも身を引いた後は、画家である妻と共に、フランス印象派美術の巨匠クロード・モネ（一八四〇—一九二六年）の隣人として夏を過ごすことが増える。

そんな生活がいつまでも続くかと思われた一八九八年に、久々に接触してきたエリオット総長から日本行きの誘いがあり、しかも妻は日本美術に影響を受けた印象主義画家を師と仰いでいたのだから、断る理由はまったくない。

とはいえ、何事にもタイミングというのは不可欠である。

これだけの知的基盤を持つペリーであるから、慶應義塾大学部英文科の求める理想の人材像「該博な文学者よりも役に立つ英語を面白く教えられる先生」に甘んじられるわけがない。受講者も数名にすぎず、当時の学生たちは文学よりも政治経済に関心があったから、学識あふれる英文学の講義などまったく期待していなかったのだ。

一方、このころ、ペリーよりも八年も早い一八九〇年に来日して一八九六年から東京帝國大学で英文学を講じ評判を取っていたのが、日本に帰化していたギリシャ系アイルランド人ラフカディオ・ハーン（一八五〇―一九〇四年）、すなわち小泉八雲である。片や父方はペリー提督の、母方は建国の父祖ベンジャミン・フランクリンの血を引き、ボストン上流階級の知的貴族たちと交遊してきた白人エリート、片や北米ではシンシナティで黒人女性アリシア・〝マティ〟・フォリーと事実婚状態だった経歴を持ち、深南部ニューオーリンズではヴードゥー・クイーンの取材までこなし、日本では出雲松江藩の小泉節子と契りを結んだ多文化的インテリ。両者においては、日本文化の受容も日本人への訴求効果もまったく対照的というほかない。かくして、大秀才ペリーは慶應義塾での教育に失望し、最終年度などは授業もほとんどしなくなる。武藤脩二も『世紀転換期のアメリカ文学と文化』で評するように、そもそもこの人事は最初から「場違い、ミスキャスト」であった。武藤はこれを、ハーバード大学における契約更新をせず、以後十七年も経ってから取ってつけたように慶應義塾の職をあてがおうとしたチャールズ・エリオット総長の人事上の「失敗」と断じている（二〇―二一頁）。たしかに、多くの外国語に精通し、本の虫であるばかりか、比較文学や社会進化論的文学史も難なくこなし、新たなアメリカ作家の才能を見出す名伯楽でもあったペリーの任期延長をせず、彼にふさわしい学問研究環境を保証しなかったことは、ハーバード大学自体の過失にして損失であろう。

歴史に「もしも」は禁物だが、ペリーが来日した一八九八年には、もしも在籍していればすでにスペンサーにも馴染んでいた野口米次郎（ヨネ・ノグチ）が最大の教え子になっていたかもしれない。けれどもこの年のノグチは、すでに渡米して五年が過ぎ、第一詩集『明界と幽界』（一八九六年）が「シカゴ、ボストン、ニューヨークの詩人たちと対抗しうる西海岸の大型新人の登場」と高く評価され、一八九七年には第二詩集『谷の声』を刊行するばかりか、小雑誌〈トワイライト〉まで編集発行している。逆に言えば、もしもペリーの来日があと五年早く、野口の指導に当たっていたとしたら、ロマンティシズムの継承者、モダニズムの先覚者としての国際詩人ノグチは生まれず、文学史は変わったかもしれない。そして、のちにノグチの若い同僚として一九二二年に英国へ渡り、二五年には同地にて英語詩集『スペクトラム』*Spectrum* を出し、晩年にはモダニズムの理論的指導者エズラ・パウンドの推挙によってノーベル文学賞候補となる西脇順三郎の方向性も、いささか微妙なものになっていたかもしれない。

その大伯父マシュー・ペリー提督はまさに「明白な運命《マニフェスト・デスティニー》」(Manifest Destiny)のスローガンが鳴り響く絶妙のタイミングで来航したことにより、みごと近代日本の時代を開いたが、他方、提督の甥の子である稀代の英文学者トマス・サージェント・ペリーはモダニズム前夜という最悪のタイミングで来日したため慶應義塾の英文学教育にいささかも貢献することなく、日本的モダニズムの先鞭を付けることもない、まさしく間の悪い男だった。にもかかわらず、彼がむしろ「何もしないこと」によって、まったく別の文学史的可能性が生じる余地を積極的に与えたことは、否定できない。

1-2. 三田文学の胎動――放蕩息子・永井荷風の成功

ペリーが三年間の慶應義塾における生活を終え一九〇一年に帰国した二年後、のちの一九一〇年に慶應義塾を代表する文芸雑誌『三田文学』の初代編集長となる永井荷風（一八七九―一九五九年）は一九〇三年から四年間のアメリカ留学に旅立つ。当初は語学留学だったが、一九〇五年からは、この放蕩息子を慮った日本郵船横浜支店長である父・永井久一郎の配慮で横浜正金銀行ニューヨーク支店に勤務する。その体験をもとにした『あめりか物語』（一九〇八年）では短篇ひとつひとつが、世紀転換期アメリカの断片を丁寧に切り取り、しかも荷風の同時代人・九鬼周造（一八八八―一九四一年）の『「いき」の構造』（岩波文庫ほか、一九三〇年発表）で解析される日本的精

永井荷風

神と絶妙に溶け合う。「旧恨」にさしはさまれる「恋は浮浪漢ボヘミヤの児よ」なる一節はほんの一例にすぎない。

たとえば「林間」で白人兵士から別れを切り出される黒人娘が「後生だから……（中略）それじゃ、もう、どうしても別れてくれってお云いなさるんですね」とすがったり、「寝覚め」に登場する主人公・沢崎の事務所で同僚になるアメリカ女性ミセス・デニングが、死に別れた夫を「良人の居ます時分はほんとに面白う御ざいました」と回想したり、「六月の夜の夢」の愛らしいロザリンが「イギリス人は斃れるまでも笑って戦う。だからもしや一生独身で暮すような事になっても、私は死ぬまで此の通り何時までも此の通りのお転婆娘でしょう」と決意を表明したりする言葉遣いからも、切々と伝わってくる。荷風の愛してやまぬ「西洋の女」が、いつしか江戸の花柳界をも彷彿とさせる異性への媚態を呈していくときほど、「いき」を感じる瞬間はない。九鬼周造は「いき」の徴表として「垢抜けして（諦）、張りのある（意気地）、色っぽさ（媚態）」の三重構造を挙げているが、まさにその「媚態」を引証するのに荷風を援用している。

永井荷風が『歓楽』のうちで「得ようとして、得たあとの女ほど情無いものはない」と云っているのは、異性の双方において活躍していた媚態の自己消滅によってもたらされた「倦怠、絶望、嫌悪」の情を意味しているに相違ない。それ故に、二元的関係を持続せしめること、すなわち可能性を可能性として擁護することは、媚態の本領であり、したがって『歓楽』の要諦である。（第二章「『いき』の内包的構造」、二〇―二一頁）

ここで興味深いのは、九鬼がモダニズムの代表詩人T・S・エリオット（一八八八―一九六五年）やハードボイルド作家レイモンド・チャンドラー（一八八八―一九五九年）とまったく同じ一八八八年生まれで、彼らと通じる感性を共有していたことだ。モダニズムの詩学としてロマンティシズム的な作者の意図よりも言語の記号表現《シニフィアン》、ひいては言語そのものの絵画的可能性を強調するエズラ・パウンドのイマジズム詩学やエリオットのような詩作における個性滅却の詩学、ヘミングウェイのように人間の内面描写よりもハードボイルド的な行動描写によって内面を読者に想像させるという氷山の理論、すなわち省略の美学は、一九二一年から七年間のヨーロッパ留学において実存主義哲学者マルティン・ハイデッガー（一八八九―一九七六年）に学び、若き日の作家&思想家ジャン＝ポール・サルトル（一九〇五―一九八〇年）にフランス語の家庭教師をしてもらった九鬼周造の思考とも精妙に共振し、『「いき」の構造』の思考にも脈打つ。二〇〇四年についに英訳なった同書が"The Structure of Detachment"と題され、対象に入れ込む"attachment"ではなく、対象を突き放して一定の批評的距離を置く"detachment"を「いき」に通じる感覚とみなしたところも、ハードボイルド的解釈というほかない。その意味で、同書が永井荷風を高く評価しているのは、九鬼のモダニズム哲学が荷風の文学にモダニズム前史を認めた証左である。

げんに、末延芳晴が『荷風のあめりか』で述べるとおり、荷風は、日本および米国内日本人社会においては、日本郵船横浜支店長の御曹子および新進作家という記号的優越性を備えていたが、他方、いわゆる白人男性中心のアメリカ社会一般においてはそれこそたんなる群衆の人、一介の都市遊歩者《フラヌール》となり、メトロポリタン歌劇場やカーネギー・ホールに展開するスリリングな音楽空間に虚心に耳を傾けていただろう。その結果、二十世紀初頭のニューヨークにおいて、荷風はスコット・ジョプリンに代表されるラグタイムの名曲群から後期ロマン派・ワグナーの『トリスタンとイゾルデ』や印象派ドビュッシーの『牧神の午後への前奏曲』に陶酔することにより、二十世紀初頭ニューヨークで構築されつつあったモダニズム序曲ともいえる民族横断的で官能的な音楽的マトリックスに身を浸したはずである。荷風は一八七九年生まれだから、モダニズムの指導者格であったガートルード・スタイン（一八七四―一九四六年）やシャーウッド・アンダソン（一八七六―一九四一年）らとほぼ同世代だったことにも留意したい。

そんな荷風が、一九〇七年にはフランスの横浜正金銀行リヨン支店への転勤を命ぜられ、一九〇八年の帰国後には慶應義塾大学からの委託により、一九一〇年に『三田文学』初代編集長として創刊号を発行するとともに、同大学文学科教授として教壇に立つ。そのインパクトは、極めて大きかった。のちの一九三三年から四六年まで、すなわち戦時中の最も困難な時期に第七代塾長となる小泉信三（一八八八―一九六六年）は青年時代、慶應義塾大学の命

『三田文学』創刊号

による一九一二年以降の三年間におよぶヨーロッパ留学中にも、『三田文学』の講読を続けていた。英独を中心に経済学および社会問題研究に邁進せよというのが留学の名目で、期間は大正元年（一九一二年）から三年間。小泉はもともとたいへんな筆まめで膨大な日記や書簡を残しており、そのひとつひとつにおいて、文学はもとより映画や音楽まで、見聞したことの大半をめぐる率直な感想を記したことで知られるが、はたしてロンドンにて勉学中の大正二年（一九一三年）一月十一日（土曜日）の日記には、こんな所感が見える。

ブリティッシュミュージアムに廻って、阿部章蔵［水上滝太郎］君へ芝居の批評を書く。思ったより長いものになって半日かかってしまった。家へ帰ると『三田文学』が届いている。永井さんの『戯作者の死』は面白い。形は戯作だけれども、実は永井さんが本気になって云いたい事を云っているように思われる。

自分でも不思議に思ったのだが、この作中の隅田川の叙景を読んで独りでに涙がこぼれて来た。東京を思い出したのだと云えばそれまでだが、決して単純なホームシックをもって論ずべき状態ではなかった」(秋山加代・小泉タエ編『青年　小泉信三の日記』、三一七―一八頁)

この箇所だけ読むなら、異国の地においても所属大学の誇る新文芸雑誌を愛読し続けている一文学青年の記述に見えるが、じつは小泉は慶應義塾大学部政治科を卒業し教員になりたてだった明治四十三年(一九一〇年)、永井荷風が『三田文学』初代編集長にして慶應義塾大学文学部教授となったため彼の授業に出席し、そのほぼ全作品をリアルタイムで読み、個人的にも三田文学座談会においても歓談するばかりか、水上滝太郎らと語らって発足した「例の会」に荷風をしばしば招くほどの大ファンであった。明治四十四年(一九一一年)五月二十四日(水曜日)の日記の末尾には「永井さんについて色々感じた事はあるけれどももとても書けない」(『日記』五八頁)と記されているが、同書編纂者の注釈によると、この部分の前後には、いったん書きながら下記の文章を抹消していたことが明かされている。「永井さんは上品な優しい、しかし強いところのある、そして或意味に於いて賢い人だ」「何だかこの人は自分が小供の時にどこかで見た事のあるような気がする」「自分は人に好かれたいとは思わない。少なくとも世上一般の男に好かれようとは思わない。しかし、永井さんだけは取り除けだ」(五四六頁)。また同年六月二十七日(火曜日)の日記では、文科の懇談会が島崎藤村を招聘した折にも「僕は島崎氏を尊敬するけれども永井さんほど好きになれない」(『日記』七六頁)とも綴る。

若き小泉信三のうちには、すでに後年の『共産主義批判の常識』(一九四九年)に結実するマルクス経済学批判の萌芽がほの見えているが、にもかかわらず彼は、一見したところ以後の自由主義的信条とは対照的に映る社会主義や無政府主義についても虚心に理解しようと尽力し、言論の自由全般について深い関心を抱いていた。たとえば明治四十五年(一九一二年)五月八日(水曜日)の日記において「堺枯川[堺利彦]の『売文集』をウッカリ買う気もなく買ってしまった。『逆徒の死生観』などが一寸史料になると思ったからだ」（二〇六頁）、同月十四日（火曜日）の日記において「ショーの Widow's House を枯川の翻訳によって読んだ」「大杉栄と云う人の翻訳でアナトールフランスの『クレエクビユ』を読んだ」（二〇八頁）と綴られている点でも、それは明らかだろう。堺枯川、本名堺利彦は、当時の代表的な社会主義者にして、自身の執筆から翻訳、ゴーストライティングなど文筆業をめぐるすべての仕事を、日本初の編集プロダクション「売文社」を根城に行い、最近では黒岩比佐子氏の浩瀚なる伝記『パンとペン——社会主義者・堺利彦と「売文社」の闘い』（講談社、二〇一〇年）において、その全貌が明らかにされた。また大杉栄は、堺利彦や幸徳秋水の盟友たる社会主義者であり、一九〇八年の社会主義者弾圧事件たる「赤旗事件」の折に、堺らと投獄されたが、そのために明治天皇暗殺を企てたかどで幸徳らの逮捕された「大逆事件」（一九一〇年）に巻き込まれずに済むも、以後は無政府主義の立場を一層鮮明にしたため、憲兵大尉・甘粕正彦に殺害されている。

小泉信三がイギリス留学中に傾倒した劇作家ジョージ・バーナード・ショー（一八五六—

一九五〇年）も社会主義者、唯美主義作家オスカー・ワイルド（一八五四—一九〇〇年）も屈折した社会主義肯定論者であることを考えると、彼が興味をもったのはたんなる政治的立場には還元し得ない問題系、つまり文学的表現をその主たる領域とする言論の自由に対して、同時代が国家を問わず言論統制の方向を強めていた歴史的現実そのものであったことが判明しよう。永井荷風がヨーロッパにおけるユダヤ人弾圧に根ざす冤罪事件として著名な「ドレフュス事件」（一八九四—一九〇六年）と同時代日本における前掲「大逆事件」とをともに言論弾圧と捉えていたことは明らかであり、だからこそ彼は、のちに「花火」（大正八年［一九一九年］）で回想するように、ドレフュス事件のときに正義を叫んで国外逃亡したエミール・ゾラのようにはなれなかった自分を恥じて、こうした時代には戯作者に身を落とすしかないと覚悟し、あえて江戸時代後期の人気戯作者にして天保の改革（一八四一—四三年）における奢侈制限、言論弾圧の犠牲者となった柳亭種彦をモデルに据えた「戯作者の死」（一九一三年）を発表したのである。言論弾圧への徹底的抵抗が耽美主義転じて反自然主義となる荷風的なモダニズムのスタイルを培っていく。

小泉信三が目撃したのは、このように洋の東西を問わず初期モダニズム時代のもつ高圧的な政治空間と、それを突破しようとする実験的な文学空間だった。彼はこれより半世紀ほどを経た一九六五年、『三田文学』における親友の名を冠して今日まで続いている慶應義塾大学の「久保田万太郎講座」の「詩学」を担当するが、そのイントロダクションにおいても、欧米から帰った永井荷風が自然主義一辺倒の日本文壇に対し、その絢爛たる文章によっていかに衝撃を与えたか、とりわけフランス体験をもとにした『ふらんす物語』(一九一五年)が博文館から出たとき、発売早々発禁になりはしたものの、いかに同書を熟読したかというういきさつを回想している。「その時分わたくしも水上滝太郎も永井荷風を愛読しておりましたので、わたくしはうまく手を回して博文館に三冊しかない一冊を借りだしまして全文読みましたが、読んで水上滝太郎に見たいかというので、ぜひ見たいというので貸しますと、水上はその主なものを写しちゃったのです。(中略)日本の文学というものは、自然主義運動によって平板な灰色のものになったのに対して、荷風と[谷崎]潤一郎の出現というのは、一つの目を見張らせる運動であったことは確かですね」(小泉信三『わが文芸談』、二五

—二六頁）。

さらに肝心なのは、『三田文学』に集っていた親友たち、のちに結婚を通して義兄弟となる阿部章蔵（水上瀧太郎）や澤木四方吉もまた同じころにロンドン留学していたため、横浜正金銀行ロンドン支店長の家に定期的に集まっては、各自の専門分野における最新の知見を活かした研究会を行なっていたことだ（水上滝太郎『倫敦の宿』、四一—四二頁）。

（左から）水上、澤木、小泉、松下末三郎
大正四年、ロンドンにて

アジアでもヨーロッパでも帝国主義が勃興し政治的な言論統制が厳格化しつつあった時代に、イギリスという外国にあって、日本語を主たる手段とする解釈共同体が成立していたということは、よくよく考えてみるに、そこにこそ唯一の言論の自由が許された言説空間が構築されていた可能性を意味するかもしれない。米仏留学体験を持つ永井荷風を師と仰ぎ尊敬してやまぬ彼ら『三田文学』の若手たちは、むろん英独を中心とした外国語を介したからこそ外国文学と外国文化を吸収し、それらの滋養を自らの日本語文体に組み込んだが、まったく同時に、必ずしもその言語が広く了解されていない外国の空気を吸っていたからこそ、母国では決して口にしえない話題をも討議の対象にすることができたろう。永井荷風はアメリカやフランスを経験しながらも、その外国体験を口本語で表現した場合の検閲を痛感せざるをえなかったが、それに続く世代は、暗澹たる時勢のただなかで、自らの考える「自由」を模索したのだと思う。

かくして、自然主義文学全盛の時代に、早稲田大学の『早稲田文学』（一八九一年創刊）、東京大学の『帝国文学』（一八九五年創刊）に続いて一九一〇年に創刊された慶應義塾大学の『三田文学』は永井荷風独特の反自然主義、転じては芸術至上主義を貫き、以降の水上瀧太郎とその仲間たちの尽力によって大正・昭和の文壇ジャーナリズムに特異な地位を占めるに至ったのである。

ゆえに、二〇一〇年に三田キャンパスで行われた創刊百年展同時開催イベントもごく自然に、明治学院大学名誉教授・新倉俊一氏による講演「西脇順三郎アーカイヴの誕生」、および石坂浩二氏による朗読「西脇順三郎を読む」から始まった。シンポジウムも東京大学名誉教授で比較文学者の亀井俊介氏がヨネ・ノグチを中心に慶應義塾独自の「情の技法」を分析した基調講演「三田の英文学」を皮切りに、文芸評論家の末延芳晴氏が名著『永井荷風の見たあめりか』（のちの増補新版が『荷風のあめりか』）をもとに豊富な絵はがきと音源を素材に行なったスライドショウ、本塾経済学部准教授（現・教授）・新島進が三田文学における翻訳の伝統と現代フランス文学におけるフランス語を母語としない多民族作家群の台頭を語った「越境と翻訳――ダイ・シージエ作品の日本語訳をめぐって」、そして自身が英語圏作家であり日本文学英訳者でもある本塾文学部准教授（現・立命館大学教授）・吉田恭子氏がアイオワ大学の国際創作プログラム参加体験をもとに、彼女に先立つ水村美苗氏の体験との対比を行なってみせた「『三田文学』とクリエイティヴ・ライティング」と続く盛りだくさんの内容となり、多くの来場者に恵まれた。

折しも同二〇一〇年には、松井久子監督が前掲ヨネ・ノグチが愛し世界的芸術家イサム・ノグチ（一九〇四―八八年）の母親となったアメリカ人女性レオニー・ギルモア（一八七三―

一九三三年）を主役にその波乱の生涯を描いた日米合作映画『レオニー』が封切られたいっぽう、遠藤周作（一九二三—九六年）がフランス作家マルキ・ド・サドを研究する日本人留学生を中心人物のひとりに据えた一九五八年執筆の中編小説の未発表原稿『われら此処より遠きものへ』が発見されて、長崎は外海の遠藤周作文学館に展示されるに至っている。三田文学者の外国がかくも注目を浴びている現在、私は遠藤周作の名作『沈黙』（一九六六年）において、キリシタン禁令の弾圧下の長崎において、棄教を余儀なくされたポルトガル人宣教師クリストヴァン・フェレイラが、彼を追って来日した若き宣教師ロドリゴに対して放った言葉を思い出す。

「この国は沼地だ。やがてお前にもわかるだろうな。この国は考えていたより、もっと怖ろしい沼地だった。どんな苗もその沼地に植えられれば、根が腐りはじめる。葉が黄ばみ枯れていく。我々はこの沼地に基督教という苗を植えてしまった。（中略）お前には何もわからぬ。（中略）デウスと大日を混同した日本人はその時から我々の神を彼

等流に屈折させ変化させ、そして別のものを作り上げ始めたのだ」(『沈黙』[新潮社]第七章)

かつて一九七〇年代前半、高校生のときにこのくだりに接し、私は日本とキリスト教の関わりをめぐるひとつのペシミズムを読み込んだ。しかし、いまはちがう。一九八〇年に文化人類学者ジェイムズ・クリフォードが「文化の翻訳」を、一九九四年にポストコロニアリズム批評の巨匠ホミ・バーバが『文化の場所』を世に問うたのちとなっては、右の引用箇所も、むしろ文化というものがもともと外国との接触領域を経て異種混淆的にしか構築されるほかない本質をいちはやく見抜いた洞察として実感される。この構図はおそらく、人一倍外国文学と外国文化に鋭敏で二十世紀初頭のモダニズムとともに出発した三田文学者たちの大半に通貫するパースペクティヴだったはずだ。

2. ガートルード・スタインとモダニズム最盛期

欧米のモダニズムは一九一〇年代から二〇年代に高潮期を迎えるが、とりわけ一九一二年は非常に大切な年である。この年はモダニズム文学の興行師と言われているエズラ・パウンド（一八八五―一九七二年）がイマジズム（Imagism）という新しい運動を起こし、タイタニック号が沈没し、パリで未来派博覧会が開催され、ダダイストと言われたマルセル・デュシャン（一八八七―一九六八年）が『階段を降りる裸体』という衝撃的な作品をパリで製作した。また、ロシア未来派宣言が下され、コナン・ドイル（一八五九―一九三〇年）が長編小説『失われた世界』を発表し、ブロードウェイ歌劇『ジーグフェルド・フォリーズ』に「シェイクスピア風ラグ」が導入された。以上は、拙著『モダニズムの惑星――英米文学思想史の修辞学』（岩波書店、二〇一三年）でもスケッチした構図だが、慶應義塾の関係でいくと、まったく同じ一九一二年にはのちに塾長となる前掲小泉信三や、のちに本塾理財科教授、立教大学総長となる会計学者・三辺金蔵（一八八〇―一九六二年）、のちに本塾美学美術専攻初代教授となる日本初の西洋美術史家・澤木四方吉（一八八六―一九三〇年）がヨーロッパへ留学し、のちに作家・水上瀧太郎となる阿部章蔵（一八八七―一九四〇年）がアメリカへ留学していたことも想起すべきだろう。

一九一二年は単純に明治時代の終わりではないかと思うかもしれない。あるいは、イギリスを中心に考えれば、一九一〇年にエドワード七世からジョージ五世への王位継承が行われるため、我が国が明治から大正へ至るのと同様な転換期にあったことを類推するかもしれない。しかし、より国際的規模において、一九一二年にこれだけの画期的出来事が集中して起こったというのは、時代全体が大きく動いていたという証左である。それは一九二四年にヴァージニア・ウルフ（一八八二―一九四一年）がモダニズム時代の到来を、こう輪郭づけたこととも関連しよう――「一九一〇年十二月かそのあたりに、ありとあらゆる人間関係が変化したのだ――主従関係、夫婦関係、親子関係のすべてが。そして人間関係が変わるときには、まったく同時に、宗教も人間の振る舞いも政治も文学も、みな変わったのである」。モダニズムが十九世紀までの人間中心主義から脱却し個性滅却ないし非個性主義のうちに超歴史的な可能性を見出したことに関する初期の明察が、ここにある。

では、モダニズムとは雰囲気としてどんな時代だったか。それは、アメリカの才能あふれる作家たち、芸術家たちがしきりにパリへ赴き、国籍離脱者を気取った時代である。そもそも文化の拠点というのは時代ごとに移動するもので、十六世紀から十七世紀にかけてはイタリアのヴェニスだったとしたら、十八世紀末から十九世紀にかけてはパクス・ブリタニカとともにロンドンへ移行する。そして世紀転換期には芸術の中心がパリへ、二十世紀半ばにはパクス・アメリカーナとともにニューヨークに移動するが、二十一世紀はもしかしたら東京かもしれない。

そうした拠点移動の歴史を踏まえれば、モダニズムは、まちがいなくパリの時代だった。ヴィンセント・ミネリ監督のアカデミー賞受賞作『巴里のアメリカ人』(一九五一年)を思い浮かべればよい。主人公のジーン・ケリー演ずるアメリカ人ジェリー・マリガンは第二次世界大戦後に画家として身を立てようとパリへ住み着き、パトロンを得るか恋に生きるかで悩むが、ここには本作品のタイトル曲を一九二八年に発表した二十世紀を代表する作曲家ジョージ・ガーシュイン（一八九八—一九三七年）自身の自伝的背景も刷り込まれているだろう。彼はジャズ風味を取り入れた交響楽「ラプソディー・イン・ブルー」（一九二四年）でたちまち時代の寵児となったが、しかし自分ではオーケストレーションができないというコンプレックスがあり、二〇年代半ばにパリ留学を敢行する。だが、すでに独特なスタイルに伴う名声を確立し成功を掴んでいたガーシュインを指導してくれる師匠はおらず、弟子入りを申し出ても軒並み断られてしまう。とくに「亡き王女のためのパヴァーヌ」や「ボレロ」で著名なモーリス・ラヴェル（一八七五—一九三七年）がこう断ったのはあまりにも有名だ。「君はすでに一流のガーシュインなのに、なんでわざわざ二流のラヴェルになる必要があるのかね？」

ガートルード・スタイン。背景に掛かるのはピカソが描いたスタインの肖像画。

そんなパリのアメリカ人の一人で、モダニズム表現者たちのサロンを主宰し、多くの文学者や芸術家たちを支援していた中心人物が、前掲ガートルード・スタインだった。一八七四年に北米東部はペンシルヴェニアのドイツ系ユダヤ人の裕福な家庭に生まれ、名門ジョンズ・ホプキンス大学に通っていたが、兄のレオを追うようにパリへ行くのが一九〇三年。以後、パリに拠点を定めた彼女は、自分より若くて才能のある作家、芸術家を育てるという教育的指導をするときにも才能を発揮した。しかも父も兄も投資で儲ける才能があったがために財力があり、新進芸術家のパトロンにもなっていた。かくしてスタインのパリのアパルトマンで開かれたサロンに来ていた作家・芸術家たちには、エズラ・パウンド、T・S・エリオット、ジェイムズ・ジョイス（一八八二―一九四一年）、シャーウッド・アンダソン、F・スコット・フィッツジェラルド（一八九六―一九四〇年）、アーネスト・ヘミングウェイ（一八九九―六一年）、アンリ・マティス（一八六九―一九五四年）、パブロ・ピカソ（一八八一―一九七三年）、ジョルジョ・ブラック（一八八二―一九六三年）、エリック・サティ（一八六六―一九二五年）、マン・レイ（一八九〇―一九七六年）といったそうそうたる顔ぶれが並ぶ。とくにヘミングウェイは文学史では決まって「ロスト・ジェネレーション」"lost generation" の代表格として分類されるが、そのゆえんは、第一次世界大戦で出兵して帰還した若者たちがみな、人生で肝心な期間に成熟し損なっているのに気づいたスタインから「あなたたちはみんなロスト・ジェネレーションなのよ」"You are all a lost generation" と言われたことによる。彼女はこの表現を、パリで立ち寄った自動車修理工場の青年工員が要領の得ない働きぶりをするために親方から "generation perdue" と罵られていたことから着想した。したがって、この表現は決していい意味ではなく、もちろん二十世紀末に「ロスジェネ世代」として転用された、バブル崩壊後の就職氷河期を経験した世代ともまったく関わりがない。むしろ前の時代の良い伝統を失っている無作法で不器用で自堕落な若者たちという侮蔑的なニュアンスを孕む。

かくして野心と反抗心に満ち満ちた若きヘミングウェイは第一長編『日はまた昇る』（一九二六年）に二重のエピグラフを仕掛ける。前述のスタインの言葉と共に、聖書の伝道の書から「一時代が終わり、新時代が始まる。しかし大地は永遠に変わることなし。日は昇り、日は沈み、その出るところへ急ぎ行く」（第一章第四—五節）を併載して師匠への逆襲を試みた。スタインは「今時の若者」というニュアンスで「ロスト・ジェネレーション」を評したが、それに反発するヘミングウェイは、聖書にある通り「日の下には何一つ新しきことなし」(伝道の書第一章第九節)こそ真実ではないか、すなわち、今時の若者を批判する師匠自身だってかつてはもう一人の「今時の若者」だったのではないかと、自作エピグラフを通して師匠スタインに食ってかかったのである。かくしてこのスタイン学校の最有望株は、一九五四年にノーベル文学賞を受賞するに至る。

ヘミングウェイは俗に「タイプライターによって自己のハードボイルド文体を編み出した作家」と呼ばれる。商品としてのタイプライターが流通し始めるのは南北戦争以後、特に一八七〇年以後だから、福澤諭吉と同い年のマーク・トウェインはタイプライターを購入してはいたものの使用した形跡はなく、晩年に至るまで原稿は手書きないし口述筆記であった。それが形式面で標準化するのはトウェインが没する一九一〇年ごろなので、以降発展するタイプライターは、まさにヘミングウェイらモダニストの友といってよい。

だが、ここでもう一つ、モダニズムにとって決定的ともいえるテクノロジーを挙げるとすれば、それは映画産業である。有名なスタインの初期作品には“one and one and one and one and one …”と“one”が延々と百を数えるまで続いていくものや、“a rose is a rose is a rose is a rose is a rose…”と“rose”が延々と続くという作品があるが、そうした言語実験が一〇年代から二〇年代に行われたことに鑑みるなら、そこにはまぎれもなく、一コマ一コマが命であり一つでも欠けたら動きが不自然になる映画メディアが影を落としている。モダニズムの興行師エズラ・パウンドが一九一〇年代に関与したイマジズム運動におけるイメージの再定義「瞬間における詩的情緒的複合体“an intellectual and emotional complex in an instant of time”を表現するもの」や、その弟子T・S・エリオットが一九二一年の「ハムレットと諸問題」において人物の情緒に対応させるにふさわしく選択される外的事物を一種の修辞装置として提唱した「客観的相関物」(objective correlative)も、映画産業の勃興と無縁ではない。それを最も顕著に体現したのが、ダシール・ハメットが先鞭をつけヘミングウェイの代名詞ともなったハードボイルドである。それは登場人物の心理的内面よりも、あくまで客観的な情景や動きに描写を絞るからだ。対象に対して決して感情的に入れ込むのではなく、あくまで一度冷徹に突き放したかのような一定の批評的距離を置くこの姿勢は、すでに触れたように、我が国においては、同時代哲学者・九鬼周造の「いき」の構造理論と連動するだろう。ヘミングウェイはのちにそれを『午後の死』（一九三二年）で「散文作家が自らの書いている内容を熟知している場合、自分ではよくわかっているからこそ省略する場合があるが、このとき作家がじゅうぶん意を尽くして書いてさえいるなら、それを承けた読者は、あたかも作家が省略部分をはっきり説き明かしているかのように実感するものだ。氷山の動きが崇高なのは、まさしくその全体像の八分の一だけが水上に顔を見せているためである」と述べ、省略の美学たる通称「氷山の理論」（iceberg theory）を確立したが、それはまさに、俳優の動きによって、その動きが象徴する視覚的映像のみによって、人物の心理的内面を観客に想像させる映画的手法にほかなるまい。ハードボイルド映画があるのではなく、映画というメディアそのものが本来ハードボイルドなのである。

3．エズラ・パウンドの極東——野口米次郎登場

3-1．世紀転換期のジャポニズム

ここで、かつてアイルランド詩人W・B・イェイツ（一八六五—一九三九年）の秘書を務めた前掲エズラ・パウンドがその高度に前衛的なモダニズムを育むに当たり、東洋への関心が大きな役割を演じたことを強調したい。彼はアメリカ北西部はアイダホ州に生を享け、ペンシルヴェニア大学でロマンス語を学んでいる。そして、スペインの演劇黄金時代を築き、パウンド自ら「彼は人間というより文学そのもの」と称賛を惜しまないローペ・デ・ベーガを主題に、フーゴー・レナート教授のもとで博士号請求論文を書こうと試み、奨学金を得てそのためのヨーロッパにおける調査にも精を出していたが、あいにく論文は完成しなかった。その代わり、彼はベーガの詩を翻訳し、やがてそれを、一九〇四年より原型を書き始めていたという代表作である長詩『詩章』*Cantos*（一九二五—七〇年）に組み込む。一九〇七

年にはウォーバシュ大学講師となったが、ボヘミアンならではの言われなき誹謗中傷を受けるという事件に巻き込まれ短期間で失職し、すぐヨーロッパに戻り、一九〇八年にはイタリアのヴェニスにて第一詩集『消燈して』を刊行、そののちイギリスのロンドンへ移ってイェイツの秘書から出直し、一九一九年まで滞在する。以後、自身の詩作や多言語能力を駆使した翻訳もさることながら、ジョイスやエリオットを発見しデビューに尽力したことはあまりにも有名だ。現代文学の興行師と渾名されるゆえんである。しかも、以下に述べる東洋学の権威アーネスト・フェノロサ（一八五三―一九〇八年）との関わりによって極東文学に興味を抱くようになった彼は、のちに述べる野口米次郎や西脇順三郎らとも袖触れ合い、モダニズムと慶應義塾を切り結ぶ結節点にして特異点とも呼べる存在となるのである。

じっさい、世紀転換期はジャポニズムの勃興期であった。日清戦争（一八九四―九五年）と日露戦争（一九〇四―〇五年）の影響はもちろんあったろうが、それにはるかに先立ち、明治維新後の日本への国際的関心が高まっており、具体的に来日して日本文化を学んだアメリカ人たちが数多く存在したのだ。そして、その中核を担ったのは、第一部でも述べたボストン上流階級知識人《ブラーミン》たちであった。たとえばハーバード大学教授も務めたアメリカ国民詩人ヘンリー・ワズワース・ロングフェローの長男チャールズ（一八四四―九三年）は、開国後の日本に三度も滞在し、そのうちの一回は一八七一年から七三年までの二十ヵ月におよび、膨大な日本の文物を北米へ持ち帰り、日本ブームの礎を成す。ボストン美術館の日本美術収蔵といえば同館の六割以上を占める「ビゲロー・コレクション」の名で世界的に知られているが、それはウィリアム・スタージス・ビゲロー（一八五〇―一九二六年）が一八八二年に来日し、買い集めた膨大な美術品を一九一一年に同美術館に寄贈した成果である。また一八八三年に来日し朝鮮にも滞在したパーシヴァル・ローエル（一八五五―一九一六年）は、その先覚的な著書『極東の魂』（一八八八年）によってラフカディオ・ハーンすなわち小泉八雲に影響を与えた日本学者だが、のちに火星の研究へシフトし天文学者へ転身していくのが興味深い。ジャポニズムといえ

日本の浮世絵があしらわれた『蝶々夫人』のカバー

ば、アメリカの弁護士ジョン・ルーサー・ロング（一八六一―一九二七年）が一八九七年に発表した小説『蝶々夫人』がのちにデイヴィッド・ベラスコによって戯曲化され、それがイタリア人プッチーニの手で上演されたオペラ（一九〇四年ミラノ初演）の印象が強烈かもしれないが、それはこうしたボストン上流階級知識人《ブラーミン》たちの長年のジャポニズム研究と調査、収集の系譜があらかじめ耕されたのちに登場した氷山の一角にすぎない。

　パウンドが運動として推し進めてきたモダニズム内部のイマジズム運動は、基本的には、言語によって「瞬間における詩的情緒的複合体」を表現し、それを一枚の精密な絵として切り取ること、ないし彫琢することだ。やがて彼はそうした発想の根本が日本の俳句とつながっていることに気がつく。英語圏の住人から見ると、極東の民族がひらがなとカタカナと漢字という三種類から成る膨大なデータベースを自在に使いこなしているだけでも驚きだが、その根本に声の代理として文字を構想する表音文字（フォノグラム）ではなく、あくまで言語を一つの絵画と見る象形文字的な表意文字（イデオグラム）の原理があることは、さらなる驚きとして映る。我が国では現在のスマートフォン文化を中心に絵文字が超進化を遂げているが、それなども決して若者言葉というわけではなく、むしろ日本人が基本的に表意文字を思うがままに操る民族であることの帰結であろう。

アーネスト・フェノロサとメアリ

3-2. フェノロサ・コード

そうした認識に立ち至るきっかけとなったのが、一八七八年以降十二年間もの間、東京帝國大学で教鞭を執った東洋学者アーネスト・フェノロサ（一八五三―一九〇八年）だった。一八九〇年に帰国したのちの彼はボストン美術館東洋美術部の学芸員を務めるが、そこで知り合った助手メアリと結婚したのちには退職し、一八九六年に再来日して一九〇一年まで滞在、この間、夫妻で能楽や漢詩へ

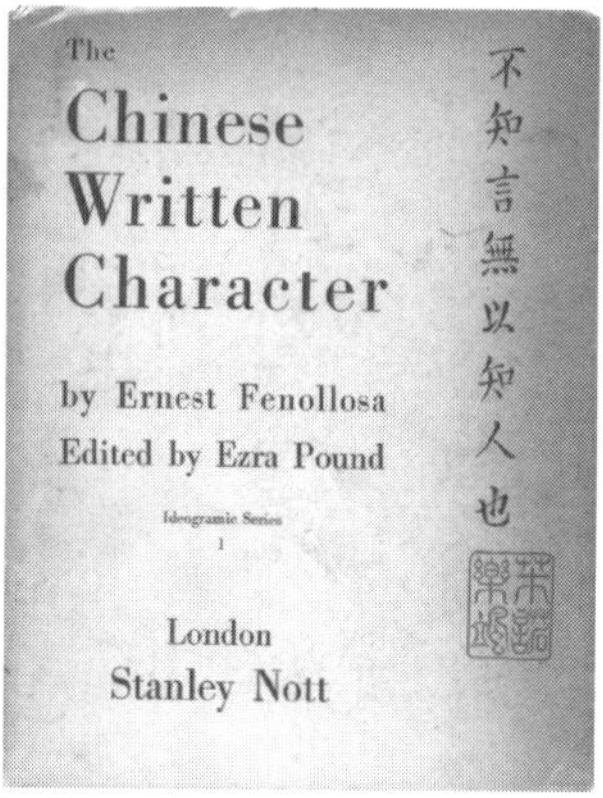

パウンド（左）の手になる『詩の媒体としての漢字考』

の造詣を深める。夫人のメアリ・フェノロサ（一八六五—一九五四年）も来日経験が豊富で、詩や小説の創作でも頭角を表していた。

しかし一九〇八年にアーネストが急逝したことにより、メアリは夫の東洋研究の遺稿整理と出版に心血を注ぐようになり、一九一三年には、当時イェイツの秘書的存在だったパウンドと数度の面談の末、彼に文学史的に重要ないくつかの未発表原稿を託す。そのなかに『詩の媒体としての漢字考』*The Chinese Written Character as a Medium for Poetry : an Ars Poetica* が含まれており、パウンドは五年間にわたる編集作業の末に、同書を一九一八年に出版した。

フェノロサの主張は、漢字はひとつひとつが絵であるということだ。パウンドが目指したのは英語によってくっきりとした一枚の絵を目指すことだったが、そもそも漢字文化圏では、もともとその媒体である漢字自体が象形文字であり、表意文字であり、一枚の絵である。東洋人は絵を使いこなす。英語の場合は表意文字ではなく表音文字なので、アルファベットは音の代理にすぎず、書き言葉のランクが低い。あくまで、語る声の方が先行し優位に立つ。これは、神の声であるロゴスをモーセが石板に文字のかたちで残したという、聖書の「十戒」のエピソードを見れば一目瞭然だろう。しかし、東洋に来るとまず絵があって、それを土台に膨大な言語体系が組み上げられている。フェノロサの巧みな実例を見よう。

人	見	馬
Man	Sees	Horse

これは、英単語一つずつに単純に漢字を当てはめているわけではない。フェノロサはこれらの漢字の連なりに何らかの動きを見るのだ。「人」という漢字は人間を示す絵だから下に二本の足がある、それから「見る」という単語も、人が目で見るから目という字の下に足が生えているのだと説明される。我々日本人は「見る」と書くときにいちいち「見」という漢字そのものの象形文字的性格など考えないが、欧米人から見るとむしろそちらの方が意味深い。「馬」という字も、馬は動物で四つ足だから四つ点がある、だから東洋の漢字文化圏というものは漢字ひとつひとつに動きがあるというのだ。これを説明するのにフェノロサは「これらの漢字の一まとまりが醸し出しているのは、まさに切れ目なく展開する映画［a continuous moving picture］にも等しい感覚である」と記述する。

もっとも今日、我々は"moving picture"と同義の"motion picture"を自動的に映画と訳し、自動的にハリウッド映画を連想するかもしれないが、フェノロサが亡くなった一九〇八年ごろといえば、映画は"moving picture"の直訳で活動写真、略して「活動」と呼ばれていた。

発明王トマス・エジソンの映画会社が本格的始動するのが世紀末であるから、二十世紀初頭はまだサイレント映画の曙であり、映像は音声を伴わず極めて短いものである。この頃の代表作といえば、奇術師として活躍していたフランスのジョルジョ・メリエスが視覚のマジックに興味を持って監督したジュール・ヴェルヌの小説を原作とするほんの十四分の『月世界旅行』(一九〇二年)が、今も映画史の記憶に留められているにすぎない。当時は、まさに一枚の絵としての写真が動いて一定のナラティヴを紡ぎ出すということ自体が最先端のテクノロジーの産物として大衆の心を魅了したのである。

日本人にとっては漢字はただのコミュニケーション手段に尽きるけれども、欧米人の眼には漢字個々が絵となり生命を持って生き生きと動いて見える。そのような漢字のありようは、言語により非常に精密に一枚の絵を切り取っていくイマジズムの境地と矛盾しない。「人見馬」に限らない。フェノロサ＝パウンドにとっては「東」という漢字一つをとっても、それは単なる方角ではなく、「木末」(梢)から漏れる「日」の光という力動的な映画と化す。元旦の「旦」の字一つにも、その内部に地平線からゆらゆらと上ってくる初日の出の動きを幻視するのだ。

3-3．英語俳句の起源――甦る荒木田守武

十九世紀までは、ヘンリー・ジェイムスを代表とするリアリズム文学が人間の心理や社会関係を克明に描き出したが、しかしモダニズムでは、そのような人間の心理の動きは氷山の下に隠匿しておき、むしろ人間の外面的かつ映像的な動きを中心に据える。一つの実例として挙げるなら、一九一三年、エズラ・パウンドが俳句の影響下でものした有名な詩「地下鉄の駅で」"In a Station of the Metro" がわかりやすいだろう。

"In a Station of the Metro"
The apparition of these faces in the crowd ;
Petals on a wet ,black bough.

たった二行？　と思うかもしれないが、これは長大な詩の一節ではなく、本当にたった二行から成る詩作品なのだ。タイトルと合わせた全三行が、「地下鉄の駅で」という作品の全てである。試訳してみよう。

地下鉄の駅で
次から次へと現れては消える群衆の顔また顔。
濡れた黒い枝に咲く花びら。

この詩を執筆するに至ったのは、前述したとおり、モダニズムの決定的な瞬間である一九一二年にパウンドがパリは地下鉄のコンコルド駅で実際にこうした啓示的瞬間を経験したからである。彼の目の前に突如、美しい顔が次々に現れたのだ。美しい子どもの顔の次には、美しい女性の顔が浮かび上がった。さて、この瞬間をどのように詩にすべきか、彼は戦略を練りに練る。当初は三十行ほどの詩を書き上げたが、そこから削りに削って、たった二行、全十四語にまで切り詰めるに至る。その結果、一行目では「顔」というのが誰のどんな顔なのかは一切表明されない代わりに、二行目では「花びら」のイメージが重置されることになる。

もちろん、この詩には「顔」と「花びら」の間に因果関係を結ぶような統語法は一切存在しない。もしも比喩的な因果関係を設定するのであれば、たとえば二行目の冒頭に前置詞"like"を置き、"Like petals on a wet, black bough"にしてもいいわけだが、パウンドはそうした古典的レトリックを一切拒否し、あくまでイメージとイメージを併置することで生まれる衝撃力を求めた。そもそも動詞が一切排除され、名詞のイメージだけに限定しているから、この詩を読む者は人々の顔が走馬灯のごとく次々に出現しつつ、そっくりそのまま花びらに転化していくような超現実的感覚を覚えるだろう。その点では、イマジズムの典型と言われる「地下鉄の駅で」は英語による初の俳句であるとともにシュールレアリスム詩の先鞭をも付けている。

ヨネ・ノグチ

それでは、一九一三年の時点でパウンドはいかに俳句の影響を受けたのか。

この時点ですでに国際詩人として名声をほしいままにしていた野口米次郎（ヨネ・ノグチ、一八七五―一九四七年）は、友人であったのちのノーベル文学賞詩人イェイツを通してパウンドとも文通する関係にあり、すでに日本の発句（俳句）の魅力について説き聞かせていた。ノグチはパウンドよりきっかり十年早い一八七五年に愛知県に生まれ、一八九一年に洋学の総本山の誉高い慶應義塾に入学しながら、一八九三年には横浜から渡米し、一八九六年には北米の雑誌に英語の詩でデビュー。同年のうちに『明界と幽界』*Seen & Unseen* という第一詩集の刊行にこぎつけ、イェイツをはじめ当時の主導的アメリカ女性作家ウィラ・キャザーやイギリス作家トマス・ハーディ、イギリス詩人ジョージ・メレディスらよりたちまち称賛を浴び、一九〇四年の帰国後には慶應義塾大学文学部英米文学専攻の教壇に立つようになり、一九一四年にはオックスフォード大学に招かれ講演まで行なっている。

したがって、ノグチは一八九〇年代後半から一九一〇年代までは英語詩人として国際的名声を手にした大詩人であり、パウンドと文通する一九一一年ごろにはすでに前掲第一詩集『明界と幽界』に加え『谷の声』（一八九八年）、『東の海より』（一九〇三年）、それに『巡礼』二巻本（一九〇八、〇九、一二年）まで四冊もの英文詩集を刊行済みだった。当時令名を馳せていたノグチに比べれば、のちのモダニズムの代表詩人パウンドもエリオットも、ほんの駆け出しにすぎなかったのである。したがって、先輩詩人としてのノグチが、年下のパウンドに対して、いわば胸を貸すような感覚で日本の俳句について説いて聞かせた可能性は決して低くない。昨今ではグローバル化の時代ゆえに、オックスフォード大学で小林多喜二の「蟹工船」をめぐるシンポジウムが開かれるほどだから、日本人が同大学で講演しても全然おかしくないが、何しろ百年以上前の時代である。依然として圧倒的に欧米の力が強く、パクス・ブリタニカの記憶も生々しいときに、極東から来た詩人が大西洋を挟んで人気者となり、当代随一の文学者たちから軒並み賛辞を得て、大英帝国随一のオックスフォード大学講演にまで招聘されるという展開は、例外的な栄誉であったろう。

その名声の背後には、前述した松井久子監督の映画『レオニー』（二〇一〇年）でも描かれたとおり、ノグチが一九〇一年に北米で敏腕女性編集者レオニー・ギルモアと知り合い、彼女の絶大な協力を得たことは見逃せない。ノグチは既婚者だったにもかかわらずレオニーと恋に落ちた。その結果生まれた子どもこそが、のちに世界的彫刻家となるイサム・ノグチであり、現在でも慶應義塾大学三田キャンパスの南館にはノグチルームが保存され、キャンパスの随所にイサム・ノグチの作品が展示されている。

さて、ここで注目すべきはノグチの第四詩集『巡礼』が「発句」と題して彼自身の三行詩、すなわち英語による俳句を六編収録していたことだ。

そこには、こんな俳句が含まれていた。

Where the flowers sleep,
Thank God! I shall sleep to-night

Oh, come, butterfly!

花々がまどろむところで、
運よく私も眠りにつく
飛んでくるがいい、蝶々よ。

同詩集全二巻が一九一二年刊行でパウンドには謹呈されていたであろうことに鑑みるなら、彼がこの俳句に目を通した可能性は高い。しかし、まったく同時に、フランスの哲学者にして詩人でもあるポール＝ルイ・クーシュー（一八七九―一九五九年）が一九〇六年に発表した論考「日本の寸鉄叙情詩」が、室町時代後期に活躍した伊勢内宮の神官にして歌人の荒木田守武（一四七三―

荒木田守武

一五四九年）の作品を賞賛しており、これをパウンドが一読した可能性もある。

落花枝に　かへると見れば　胡蝶哉

木の枝から花がはらはらと地面に落ちたかと思ったら、なんとそれは蝶々だったという、まことに精妙な瞬間を捉えた作品である。ふつう、ことわざでは「落花枝に返らず破鏡再び照らさず」というぐらいで、それはいったん枝から落ちた花は元に戻らない、それは壊れた鏡はもうものを映さなくなるのと同じだ、という意味になる。「覆水盆に返らず」を英語で言えば“There is no crying over spilt milk”（こぼれたミルクを悔やんでも仕方がない）になるのと変わらない。ここで描写されている、限りなく花びらに近い蝶というのは、今日ではスジボソヤマキチョウと呼ばれる、アゲハの一種であろう。

ところが荒木田は「落花枝に返らず」をひっくり返して「落花枝に返る」と一瞬思わせ、そこに花びらとも見まごう蝶々のイメージを、一枚の絵として重ね合わせた。かくして、この俳句に感動したパウンドは、これを次のように英訳した。

The fallen blossom flies back to its branch: A butterfly (translated by Ezra Pound in "Vorticism" in *The Fortnightly Review* [1914])

日本語がまったくできないパウンドが一体どうやってこの英訳を行なったのか不審に感じる向きもあろうが、荒木田のこの詩は実は、一八九五年に東京帝國大学教授フローレンツがドイツ語に訳したのち、一八九三年から九八年まで慶應義塾大学部文学科第二代主任の職にあったアーサー・ロイドがドイツ語から英訳している。以後も一九〇四年にラフカディオ・ハーン＝小泉八雲が英訳し、一九〇七年には前掲クーシューがフランス語に訳した。ことほどさように落花枝の詩はその鮮やかなイメージによって欧米人を魅了し長く多様な翻訳史を築いてきたから、おそらくはそうした蓄積に鑑みて、パウンドは自らの英訳を試みたのではなかったか。

なお、パウンドが俳句を知るに至るさいの案内役の一人ヨネ・ノグチ自身も、一九一四年の前掲オックスフォード大学講演において、本作品を英訳しているが、彼は欧米人がこの作品をのきなみ称賛するのを俳句の本質をわかっていないがゆえの過剰評価とみなし、「綺麗ではあるが、それほど程度の高くない、小品作者の気まぐれな想像に過ぎない」と斬り捨てている。(堀まどか『「二重国籍」詩人　野口米次郎』一九四頁に引用)

パウンドに戻ると、彼の荒木田の英訳で"blossom"と呼ばれている花弁を"petal"に置き換えれば、いかにあらかじめ俳句から影響を受けた上で、一九一三年の「地下鉄の駅で」を書き上げたかがわかるだろう。荒木田は花びらと蝶々を同一視したが、パウンドは地下鉄の駅にひしめく群衆の顔と花びらとを、見分けのつかないほどに美しいものとして超現実的に重置してみせたのだ。これこそは英語で俳句を書くという試みの起源であり、それは一枚の絵になるようなイメージを言葉でくっきりと彫琢することにほかならない。その結果、いまやアメリカの中学、高校では英語で俳句を書くというのは作文教育にもなっている。

このようなジャポニズムの摂取をも含む一九一〇年代から二〇年代にかけての時代に、モダニズムは最盛期を迎えた。パリでガートルード・スタインのサロンに集まっていたさまざまな才能が、文学、美術、音楽の話に没頭するばかりか原稿を持ち込んで、スタインに読んでもらったり、コメントをもらったりしていたわけだから、彼女のサロンは今日でいえばワークショップとでも呼べる機能も果たしていたのだ。ウディ・アレン監督の映画『ミッドナイト・イン・パリ』（二〇一一年）は、現代の作家が二〇年代パリにタイムスリップし、文字どおりスタインのサロンに迷い込み、何とこの女帝に自作原稿を読んでもらいコメントまで頂戴するという展開すら含むが、まさに当時の雰囲気を生き生きと伝える名画である。

映画『ミッドナイト・イン・パリ』のポスター

4．バベル以後のモダニズム
――ヨネ・ノグチから西脇順三郎へ

4-1．エリオットは蕎麦を食すべし

T. S. エリオット

モダニズムの詩学がどのように我が国に影響を与えたかといえば、やはりT・S・エリオットの名詩「荒地」“The Waste Land”（一九二二年）を翻訳し、同時代精神に貫かれた衝撃的な第一詩集『Ambarvalia／あむばるわりあ』（一九三三年）で名をなした学匠詩人・西脇順三郎をおいて考えられない。西脇順三郎は、一方では、オックスフォード大学留学中に学んだ古代中世英語英文学を基礎に慶應義塾大学文学部英米文学専攻を今日あるような形にした代表的英文学者であった。だが、も

う一方では西脇は、二〇年代のロンドンでジョン・コリアら若手作家たちと交わりながらモダニズムの息吹を吸い込み、帰国後の同時代日本文学へ衝撃を与えた超現実詩人であった。まったく同い年の文学者には、ほかに我が国の探偵小説の父・江戸川乱歩(一八九四―一九六五年)がいる。江戸川乱歩と西脇順三郎はジャンルこそ違え、別々の方向から日本文学にモダニズムを導入したのである。

西脇順三郎

ふりかえってみると、西脇順三郎は一九一二年の慶應義塾大学入学当初、理財科すなわち今日の経済学部に入っていた。卒論をラテン語で書いたので、それを小泉信三塾長が読んだというエピソードがある。やがてエリオットが『荒地』を発表したのと同じ一九二二年、慶應義塾の命によりイギリス留学。しかしオックスフォード大学に入学する予定が手続きに間に合わず、仕方なくロンドンでしばらく暮らす。だが、このロンドン生活が以後の創作に決定的な影響を及ぼした。彼は同時代文学の最前線に明るい若手作家ジョン・コリアとの友情を深め、自分の作品を見せ、ときどき手を入れてもらったりするようになったのだ。

また、西脇がチャリング・クロスのお気に入りの書店で、当時出たばかりのダダイズムやシュールレアリスム系の洋書をガサガサ買い込んでいると、店主から「あんたと同じような本を買っていく人がもう一人いるよ」と言われる。何という名前かときくと「エリオットさん」という答え。それはまさにT・S・エリオットのことで、二人の大詩人がニアミスしていた証拠であり、両者はハロルド・マンロオ主宰の『チャップブック』三九号にそろって詩を発表していたこともあったのだが、にもかかわらず二人は生涯、直接対面することはなかった。ただ年齢的に近かったせいか、六歳下の西脇がエリオットを非常に意識し、心のなかではエリオットを同時代の親友のように捉えていたのはたしかである。西脇は一九五二年にエリオットの『荒地』を訳すに際しても、これを「現代最大のシャレた詩」とその諧謔性、パロディ性を高く評価しながら、あたかも友人の詩だから芳しくないところは改作してやろうという意気込みだった。こういうエリオット観は、のちに東京大学教授の高橋康也による名論文「『荒地』におけるセンスとノンセンス」に引き継がれ理論化される（『ノンセンス大全』

所収)。

もっとも後期の『四つの四重奏曲』*Four Quartets*(一九四三年)のころになると、一九六八年に西脇自ら翻訳しているとはいえ、作品自体の評価は芳しくなく「エリオットは非常に頭のいい男だが、理が勝ちすぎる」といった厳しい判定に変化した。げんに西脇には「エリオットは蕎麦を食べたことがないから、いい詩が書けない」「エリオットはガンモドキを食べたことがないから可哀想なことをした」なる名言が残っている。しかしそれは逆に言えば、洋の東西の違いにもかかわらず、しかも一度として当人に会ったことがないにもかかわらず、生涯エリオットを率直な意見を交わし合える友人、腹を割って話せる親友として遇していた証左ではあるまいか。

4-2. 国際詩人ノグチをめぐる論争

このことを考えるとき、再び戻ってみたいのが、エズラ・パウンドに俳句の精神を教

エドガー・アラン・ポー

えた可能性の高いヨネ・ノグチのことだ。彼は一八九六年にサンフランシスコの月刊誌『ラーク』七月号に英詩五編を発表して華々しい全米デビューを飾り「東洋のホイットマン」とか「スティーヴン・クレインよりも遥かに勝る詩想」と絶賛を浴びる。ところが、まさにそのころ、たかだか二十一歳の東洋人の作品が英語圏で話題をまいているのを快く思わなかったのか、オークランドの牧師ジェイ・ウィリアム・ハドソンが、ノグチがニューヨーク州の雑誌『フィリスタイン』に投稿した詩がアメリカ・ロマン派詩人エドガー・アラン・ポー（一八〇九―四九年）の剽窃であるという趣旨の激越なる批判を『サンフランシスコ・クロニクル』紙上に発表したのだ。それは、ノグチの詩のなかに“I dwelt alone,” “In world of moan,” “My soul is stagnant dawn” という行があり、それがポーの「ユーラリー」（一八四一年）冒頭の “I DWELT alone / In a world of moan, / And my soul was a stagnant tide” からのパクリであると指摘するものだった。しかし、当時のノグチは飛ぶ鳥を落とす勢いだったため、彼の師匠ホアキン・ミラー（一八三七―一九一三年）やサンフランシスコの劇作家ポーター・ガーネット（一八七一―一九五一年）らが続々とノグチ擁護に回る。とくにガーネットは、こうした表現の類似はノグチの広範な読書で培われた語彙体系から自然に引用されたものに過ぎないと論じた。さらにハドソンがノグチの「丘で――二つの気分」"On the Heights: Two Moods"にポーの「眠れる人」"The Sleeper"（一八三一年）と酷似した表現が使われていると指摘したのに対しては、C・S・エイケンが反論し、類似した表現を用いたとしてもコンテクストがまったく違っている上に、むしろノグチの方がポーより優れた詩的世界を創り出しているという論陣を張った。

ノグチがホアキン・ミラーに弟子入りする際に携えていた本はポーと松尾芭蕉と禅の三冊だけだったというから、元々ポーに入れあげていたことは自明である。したがって、彼自身によるハドソンへの反論でも、そうした背景を隠すことがない。ノグチはむしろこう開き直ってはばからない。「ぼくの詩は自分の物の感じ方を書き留めたものに他ならない――そう、自分自身の経験の足跡なのだ。自分を欺くことだけは我慢ならない。ポー作品に形が似ているものを書いてしまったとしても、反省するどころではない。むしろ、自分がポーと同じ感覚を抱く瞬間を与えたもうた神に感謝する。むしろ、望んでもポーと同じような感じ方ができないことの方が理解できない」（『フォートナイト・レビュー』一九一四年二月二日号）。

ノグチのポー礼讃は日本への帰国後も変わることなく、彼は一九二六年に刊行した『ポー評伝』（第一書房、一九二六年）でこう言っている。「私は叫ぶ……ポオよ君とは久方振りだ、三十年目の再会だね。ポオは私の眼前に居らない。彼は風の吹く冬夜の星となって真っ黒な空に燦然たる光を放っている」（一三一一四頁）。スタンスは違えど、このように尊敬する詩人を友人扱いする姿勢は、先述の西脇のエリオットに対する態度に受け継がれていると言ってよい。

ところで、ノグチの剽窃騒ぎは批判者のハドソンが並いる文学者たちから激越な非難を浴びた結果、ハドソンが惨敗する形となり、ノグチいわく「天下の物笑いの種」になったが、ここには案外重要な文学史的転換点が潜んでいたのではあるまいか。つまり、ハドソンの言うような独創性信仰、模倣性批判は十九世紀のせいぜいロマンティシズムにおける天才神話で重宝されたものであり、世紀転換期のモダニズム前夜においては、そろそろすべての文学が引用の織物であり、むしろ独創性の方が神話に過ぎないのだという認識が露呈し始めていたのではないか。肝心のポー自身が同時代作家ナサニエル・ホーソーン（一八〇四―六四年）やロングフェローを剽窃疑惑によって批判しながら、かえって自分自身が剽窃者として疑われる始末となり、こんなふうに自己弁護するに至ったのは見逃せない。「詩人というのは、仮に他人の考えにとりつかれることがあっても、その考えを専有することはできない。ところが、詩人はそれをあたかも自分のものであるかのように思い込み、年月が経ってしまえば、いったいその起源がどこにあったのか忘れないことのほうが不可能になるものだ」（『ブロードウェイ・ジャーナル』一八四五年四月一日号）。そう、当初は模倣か剽窃であっても、やがてそれが自分にもともと備わっていた独創のように錯覚するようになるということだ。

このポー自身の弁明をふまえ、改めてノグチのポー剽窃疑惑への弁明を再確認するなら、自分の詩が「自分のものの感じ方を書き留めたもの」であり、その形がたまたまポーと似てしまったとしても、むしろ「ポーと同じような感じ方ができないことの方が理解できない」と断言するに至った論理と、いかに類似していることか。模倣と独創がやがては弁別不能にならざるを得ないという申し開きを行なった点で、ノグチは剽窃疑惑に対する言いわけの作法に至るまで、ポーからそっくりそのまま剽窃するとともに、まんまと我がものとしたのである。こうした独創性の囲い込みは、ロマンティシズムどころか高度にモダニズム的な発想なのであり、ポーが先覚者、エリオットが後継者だとするならば、ヨネ・ノグチや西脇順三郎はまさにその延長線上の必然だった。

4-3. 西脇順三郎または引用と翻訳の詩学

試しに、あまりにも有名な西脇作品、一九三三年の詩集『Ambarvalia／あむばるわりあ』の冒頭を飾った詩「天気」を読んでみよう。

天気
（覆された宝石）のやうな朝
何人か戸口にて誰かとさゝやく
それは神の生誕の日

何も知らずに読めば、きらめくほどにすがすがしい夜明けのイメージに、まずは胸を打たれるにちがいない。だが、一行目の（覆された宝石）にカッコが施されているのは一体なぜか。それは、これがもともとはイギリスのロマン派詩人ジョン・キーツ（一七九五―一八二一年）が若干二十三歳のときに詠んだ長詩『エンディミオン』（一八一八年）第三部で、ある若者の比喩として登場する"an upturned jem"の引用であり借用だという証拠である。

さらに二行目「何人か戸口にて誰かとさゝやく」にしても、中世英文学の巨匠チョーサーの『カンタベリー物語』（一三八七―一四〇〇年）の「女子修道院長の語」にエドワード・バーン・ジョーンズが付した挿絵から着想したものだという定説がある。この物語では、救い主イエス・キリストの母マリアを称える賛美歌を愛唱する少年がユダヤ人の奸計によって喉を掻き切られ肥溜に捨てられるも、その身体が聖母マリア本人の御加護によって賛美歌を歌い続け、母親は我が子を発見して殺人犯は罰せられ、少年は天国へ召される。少年の殉教の背後に聖母マリアの姿が重なるとすれば、ここで言う「神の生誕の日」は第一義的には、救い主イエスの生誕のように読むことができる。

バーン・ジョーンズによる
『カンタベリー物語』の 挿絵。

だが、タフツ大学教授で『西脇順三郎の詩と詩学』(プリンストン大学出版局、一九九三年)なる重厚な研究書を出しているホセア・ヒラタは、まずはこの三行目を“Someone whispers to somebody in the doorway”と訳したうえで、驚くべき解釈を施す。

彼は西脇が歌う「戸口」を“doorway”と訳したが、この「戸口」にはまさに旧約聖書におけるバベルの塔のニュアンスがあるのではないか、と推測する。バベル（Babel）は、基本的には混乱＝confusion という意味だが、二次的にはアッシリア系の意味合いで“bab-ilu”すなわち「神の戸口」“gate of god”という意味がある。戸口というのが神の戸口で、そこで人々が何か囁き合っているのは、人々がバベルの塔の崩壊後に統一した言葉がなくなってしまった光景かもしれない。

ふつうは神がいて人が生まれるのに、ここでは神が後から生誕しているのはどういうことか？　ここでホセア・ヒラタは救い主イエスなる神の生誕という定説から離陸し、「天気」はそもそも冒頭から（覆された宝石）というキーツの翻訳から始まっているから、これはそもそも翻訳をめぐる詩なのだ、という前提から説明する。つまり、人類が神にすら挑戦しようとした傲慢の象徴であるバベルの塔が崩壊して、それまで統一された言語がバラバラになり無数の言語へと分解してしまったのちには、私たちは翻訳でしか通じ合えない。翻訳があって初めて原典が認識されるように、バベルの塔の崩壊と多言語への分解、翻訳の必然というプロセスを経て初めて神という原点が認識されるのだ、という因果転倒の認識である。

神の怒りを買って引き起こされたバベルの塔の崩壊の結果、無数の言語に分裂した世界の人々は、翻訳がなければ人間同士のコミュニケーションが図れない苦境を生きている。だが、まさに翻訳があるからこそ、その結果おぼろげに世界をすべて統一していた神とともに純粋言語なるものがあったらしいことを人々が戸口にて囁き合っているのではないか。こうしたジャック・デリダ的な脱構築理論によって、ヒラタは翻訳こそが「神の生誕」をもたらしたのではないかという逆説に到達する。それは、そもそもイエス自身が旧約聖書のテクストをめぐる最大の脱構築批評家としてカリスマ性を獲得したこととと、まったく矛盾しない。

ピーテル・ブリューゲル『バベルの塔』(1568 年頃)
ボイマンス・ヴァン・ベーニンゲン美術館蔵

西脇順三郎本人がそこまで考えてこの詩を書いたのかどうかは不明だが、日本の詩が英語圏で積極的に研究されるようになった二十一世紀においては、これくらい過激な読みがあった方が面白いだろう。

というのも第二節でも触れたように、十九世紀と二十世紀の決定的転換点を一九一二年に据えるならば、イギリスの海運企業ホワイト・スター・ライン社が送り出す世界一の豪華客船タイタニック号が氷山に接触して沈没するという事件と、西脇の「天気」が孕むバベルの塔の神話とは、絶妙に連動するからだ。一九一二年には西脇順三郎十八歳。タイタニック号沈没の意義を受け止めるに充分成熟した年齢だったはずである。その詳細は拙著『モダニズムの惑星』で詳述したのでここでは割愛するが、この事件以後、タイタニック号難破はあたかもバベルの塔の再来であるかのように、人類がテクノロジーの進歩を過信しすぎたことへの戒めを表す文化的象徴と化し、くりかえし語り直されることで二十世紀人の無意識に刻み込まれた。その意義の深さは、映像だけ取っても、沈没事故同年に制作されたミム・ミスー監督のドイツ映画『夜と氷の中で』（一九一二年）からジーン・ネグレスコ監督、クリフトン・ウェッブとバーバラ・スタインウィック主演で制作された映画『タイタニックの最期』

（一九五三年）、そしてジェームズ・キャメロン監督、レオナルド・デカプリオとケイト・ウィンスレット主演の大ヒット映画でありアカデミー作品賞受賞作『タイタニック』（一九九七年）まで二ダース近い作品が制作されてきたことからも、窺い知られる。文学思想史的見地に立つならば、タイタニック号難破は十九世紀的ロマンティシズムそのものが二十世紀的モダニズムによって難破させられる瞬間だったと捉え返すことができよう。

バベルの塔はとうに克服された神話ではない。それは数千年の歳月を経たのち、二十世紀においても二十一世紀においても、何度となく繰り返されるかもしれない。タイタニック号沈没はまさにバベルの塔にも似た人類の倨傲を再認識させたが、まったく同時に西脇の「天気」は、バベル以後の人類が翻訳という再構築作業を介して遡ることでしか神の生誕という起源に立ち会えない宿命をも、痛感させる。そしてそれは、十九世紀ロマン派詩人の独創性信仰と模倣性批判を粉砕し、二十世紀モダニズム詩人がすべての作品は文学史上の同時存在秩序（エリオット）の上に共時的に成立した引用の織物と見て、単純な独創性信仰や起源神話と決別したパラダイム・シフトの瞬間であった。

ところで西脇順三郎は、ヨネ・ノグチが英語で詩を書くことを目指してサンフランシスコに発った翌年一八九四年に、新潟県小千谷で生まれた、自称「ユーロ・オジヤン」である。世代としてはまるまる二十年以上違っており、親子ほどの年の差があるものの、このふたりは、奇妙な運命の糸で結ばれている。

ノグチは世紀転換期に国際的英語詩人として名を馳せながら一九〇四年に帰国し、一九〇六年に慶應義塾大学英文科主任として教授職に就くが、西脇も一九二二年に慶應義塾からイギリス留学の命を受け、二四年には同地の『チャップブック』誌にエリオットと並んで英詩を発表、二五年には英語詩集『スペクトラム』をケイム・プレスから刊行してロンドンの主導的書評紙〈タイムズ文芸付録〉に書評されるという栄誉に浴し、そののちに帰国して慶應義塾大学文学部教授に就任している。したがって、文学部英米文学専攻では、ノグチと西脇が同僚同士として教壇に立っていた時代があったのだ。

それればかりではない。ヨネ・ノグチがのちのノーベル文学賞受賞者イェイツ（一九二三年受賞）と親しく交流し、インド初のノーベル文学賞受賞者（一九一三年受賞）ラビンドラナート・タゴール（一八六一―一九四一年）と並ぶ東洋詩人に数え上げられていたいっぽう、もうひとりのノーベル文学賞受賞者エリオット（一九四八年受賞）に終生文学的友情を感じていた西脇順三郎に関しても、ノーベル文学賞にもっとも接近した時期がある。一九五七年に当時英米文学専攻だった岩崎良三教授から送られた西脇作品の英訳を読んで感激したエズラ・パウンドが、その返信において「西脇順三郎の英語はこのところついぞ見かけなくなったほどに生命力あふれるものだ」「いかなる文学賞も審査員も一つの子音の重みや母音の長さを変更し得ないが、しかし現実問題として、もしも日本に学士院に類する権威ある組織があるのなら、西脇順三郎をスウェーデン・アカデミーに推挙するのに何の支障もあるまい。日本人はまだ受賞していなかったと思うから」（ヒラタ vxii）と述べたのである。結局一九五七年には日本人文学者自体が受賞することはなく、以後、西脇は何度となく候補者として推されるも、初の日本作家のノーベル文学賞受賞は一九六八年の小説家・川端康成まで待たなければならない。

だが、いま強調すべきなのは、モダニズム文学の興行主エズラ・パウンドに俳句の意義を教えたノグチがやがてタゴールと並び称されるようになったこと、そして西脇順三郎がエリオットを育てたパウンドからノーベル文学賞級の詩人として認められたことだ。福澤諭吉は近代日本の父としてモダナイゼーションを推進しモダニティを普及させたが、ヨネ・ノグチはプレ・モダニズムの詩人として英米詩への俳句導入に関与し、西脇順三郎はハードコア・モダニズム黄金時代の息吹を極東に植えつけたのである。

5. 結語　世界文学の曙
――西脇順三郎『ヨーロッパ文学』を読む

二十一世紀に入り、かつてドイツの文豪ゲーテが一八二七年に提唱した「世界文学」が再評価されるようになり、それをめぐるさまざまな理論が、パスカル・カザノヴァやフランコ・モレッティ、デイヴィッド・ダムロッシュ、ワイ・チー・ディモク、ポール・ジャイルズらによって提起されるようになった。我が国でも沼野充義や秋草俊一郎の仕事がそれに対応する。この再評価がいつ始まったのかを正確に特定するのは困難だが、ちょうど米ソ冷戦が最終段階を迎え湾岸戦争が勃発した時期に『現代思想』一九九一年二月号が「もう一つの〈世界文学〉——民族主義を超えて」特集を組んだのは、先駆的現象として捉えることができる。

当時はサルマン・ラシュディの長編小説『悪魔の詩』(一九八八年)がイスラームへの冒涜だというので著者や各国の翻訳者への暗殺指令が出たり、ロスト・ジェネレーションの最年少作家ポール・ボウルズが一九四九年に発表した原作小説をイタリア人監督ベルナルド・ベルトルッチが映画化した『シェルタリング・スカイ』(一九九〇年)がヒットしてアフリカ北海岸への関心が呼び起こされたりと、いわゆる西洋文学的古典《ウェスタン・キャノン》には収まりきらない文学作品が話題を呼び「越境」がキーワードになっていたからだ。前述のカザノヴァらの活躍は、まさにそれ以後なのである。

すなわち、米ソという巨大な二項対立が崩壊してしまった後、全地球がグローバリズムという名のアメリカナイゼーションに覆われるかと思ったら、湾岸戦争や九・一一同時多発テロの後にはむしろ長く抑圧されてきた無数の少数派による多様なる声が沸き起こり、パクス・

アメリカーナ（アメリカを中心に据えた世界の相対的平和）が幻想に過ぎなかったことが暴露されたというのが実情であろう。とりわけ九・一一同時多発テロ以後には、私の専門とするアメリカ研究の分野において、ガヤトリ・スピヴァクの説く「惑星思考」やグレッチェン・マーフィの言う「半球思考」、ディモクのいう「環大陸思考」の刺激によりアメリカを中心としないアメリカ研究が北米外部でさまざまに勃興し、二〇〇九年以降はシェリー・フィシュキンやアルフレッド・ホーヌング、ニーナ・モーガンらが脱アメリカ的アメリカ研究（トランスナショナル・アメリカン・スタディーズ）を確立した。世界文学という準拠枠の再評価は、米ソ冷戦解消後の脱アメリカ的アメリカ研究の方向性と無縁ではない。

私自身の場合、世界文学を初めて意識したのは一九八二年、慶應義塾大学に奉職した年に、我が国の英文学界の歴史において決定的な分水嶺ともいえる事件が起こったのがきっかけだった。この年、古代中世文学に通暁する学者にして国際的な超現実主義の詩人という両面あわせもつ慶應義塾大学名誉教授・西脇順三郎が六月五日に、日本における英語英米文学研究の確立者にして日本英文学会第三代会長を務め敬虔なキリスト教徒としても知られた東京大学名誉教授・斎藤勇（一八八七―一九八二年）が七月四日に、あいついで亡くなったのである。両者とも戦前の業績によって文学博士号を取得するばかりか、斎藤が博士号請求論文のテーマとしたロマン派詩人キーツが西脇の前掲初期傑作詩「天気」のモチーフをなすという奇遇で結ばれていたことも忘れられない。文字どおり二大巨星墜つという形容がふさわしい事件だった。

時代はポストモダニズムを迎えていたが、西脇順三郎の死を境に、むしろ何がモダニズムの伝統であったかが、切実に問い直されるようになる。欧米におけるモダニズムは、多かれ少なかれ、一九一四年から一八年にかけての第一次世界大戦が前時代との切断面となったが、日本におけるモダニズムは、一九二三年の関東大震災が決定的な切断面といわれる。歴史の切断面は、それに先立つ伝統を忘却する契機のように思われがちだが、じっさいはそうではない。小林秀雄もいうように、むしろ先立つ世界を喪失してしまうような激変を経て初めて、私たちは伝統を意識するのだ。その意味で、一九八二年という年は、西脇順三郎、斎藤勇の両教授を失ったことにより、モダニズム文学のみならず日本における英文学研究そのものについて、考え直すきっかけを与えてくれた。

では、そのことがいかに世界文学と結びつくのか。

この年一九八二年には、慶應義塾大学に奉職したばかりの私自身が、西脇順三郎について考えるのに、またとない指南役を得ている。本塾法学部教授でアメリカ文学を専攻し、サミュエル・ジョンソン博士の忠実なる伝記作家に準じて「ボズウェル」の異名を取る鍵谷幸信氏（一九三〇―八九年）と、本塾英米文学専攻の大学院出身で東京大学教授、本塾では「文芸批評史」を担当していた由良君美氏（一九二九―九〇年）の二人だ。

まず鍵谷幸信といえば、中学時代から愛読していた音楽雑誌などで健筆をふるうジャズ評論家の名前で、由良君美といえば、高校時代から愛読していた批評誌などでよく見かける博覧強記の代名詞だった。私は法学部英語助手の身分で就職したので、指導教授に師事せねばならず、その結果、アメリカ文学を先行していた鍵谷氏の「指導」の一環として渋谷や新宿などの喫茶店で語り合い、氏と懇意の画家や音楽家を交えてコーヒーを啜ることもあり、それはまさに西脇のみならずモダニズム以後の芸術全般を射程に捉えていた『サティ　ケージデュシャン——反芸術の透視図』（小沢書店、一九八四年）の著者の面目躍如というところであった。

いっぽう由良君美の「授業」は、ギリシャ・ローマからポスト構造主義までをカバーする深い学識に裏打ちされた壮大な理論の一端を『椿説泰西浪漫派文学談義』（青土社、初版一九七二年／増補版一九八三年）などのかたちでぞくぞくと刊行していたころの「文芸批評史」である。折しも由良氏自身が高弟の富山太佳夫氏と共訳されたサー・ロレンス・ヴァン・デル・ポストの『影の獄にて』（新思索社、一九七八年）が大島渚監督の手で映画化され、一九八三年には『戦場のメリークリスマス』のタイトルで封切られるという時代だった。

西脇をあくまで詩人と見なし、「ソバを食べるのは哀愁を食べることなんですね」「パウンドはウドンを食べたことがないから、やっぱりいい詩が書けないんだよ」といった名言の数々を伝え、自身は西脇の呪縛から逃れようとウィリアム・カーロス・ウィリアムズや、西脇いわくの「土人の音楽」の研究に没頭した鍵谷氏と、他方、西脇をあくまで学匠と考え、その壮大な理論を経由したからこそグスタフ・ルネ・ホッケやマリオ・プラーツやジョージ・

スタイナーを見出して批評理論構築に邁進し、古き良き人文学研究の伝統を継承した由良氏とではまったく対照的である。だが、まさに西脇逝去直後の授業の折に、由良氏が「諸君が読んでおくべき西脇作品」と前置きして『Ambarvalia / あむばるわりあ』から『旅人かへらず』（一九四七年）、それに『ヨーロッパ文学』（一九三三年）のタイトルを列挙したのが、私にとっての啓示となった。

さっそく図書館に赴き『ヨーロッパ文学』を手には取ってみたものの、まだ文学批評理論を学び始めたばかりだった私にとっては、とうてい歯が立たない。しかし、いまにしてみると、『ヨーロッパ文学』と『Ambarvalia / あむばるわりあ』がまったく同じ昭和八年（一九三三年）に出たという事実には奇遇以上のものがある。詩人と学者は同時に出発したのだ。西脇にとっての詩学と文学批評は最初から表裏一体のものであった。

そもそも由良教授本人が、旧制高校に入ってすぐ同書を購入・通読した直後の体験を、私とほぼ同様の所感として書き留め、それを西脇文学との最初の出会いとして、秀逸な西脇論を書きあげている。「わたくしは心底愕いたのだ。どうしようもなかった。今までの自分の、自分なりの努力が、何の意味もなかったことを教えられたものの驚愕——これは、小さいものではなかった」(「学匠　西脇先生」、『回想の西脇順三郎』、四〇八頁)。座談会ではこうも語る。「正直言って、わかんなかったですね。ただあの本にでてくるおびただしい名前の中の殆どが僕の知らない人だということが、もうショックでした。これは自分の勉強がよっぽど間違っていたと考えまして、一所懸命あの本にでてくる人の作品を読んだのです」(「座談会西脇順三郎の世界」、同上、四七八頁)。

これらの評言が興味深いのは、たしかに学術論考を書くときの西脇順三郎は、あたかも初学者のためにわかりやすく入門書や基礎文献を教えこもうとするかのような、一種の注釈付きカタログとでも呼ぶべき文体を駆使しているからである。そのなかには、明らかに講義ノートとして構想され、議論自体の深まりはまったく考慮せずに投げ出しているような文章もある。未知の固有名詞を列挙するだけでも若き後進を刺激してやまない博覧強記ではあるものの、必ずしも一貫した理論体系を持たなかったのが西脇順三郎の本領であってみれば、たしかに由良の感想はひとつの本質を言い当てているのかもしれない。以下、再び「学匠西脇先生」から引用してみよう。

西脇順三郎は、日本英学史の感性革命を、本当の意味でなしとげた、唯一の現存の人物である。

さらに西脇学匠は、近世英学の追随に必死であった日本の英学に対して、〈モダニズム〉の近代相に照準を合わせるための革命をなしとげると同時に、英学の本道たる〈古代・中世学〉に向かっての学問の裾野の拡大を身をもって行った。（中略）

『ヨーロッパ文学』は、二〇世紀文学をめぐるさまざまの本質的問題を究明した果てに、その第一節は、「中世紀文学成立経緯に関する根本問題」と題する、最も複雑かつ基礎的な問いを提起する文章で終わる。

当時の日本官学で、この問いを発しうるものが、果たしてあったであろうか。

『ヨーロッパ文学』の第二部は、さらに、西脇学匠の独断場である。ロレンス、ジョイス、エリオットを縦横に論じ、メタフィジカルポエッツを、ゴンゴリスムからマニエリスムに遡って説く西脇学匠の想念の博引旁証は、当時のヨーロッパの、どの著作を尋ねても、これに匹敵しうるものはない。（中略）

西脇学匠は、詩人としての裏付けを、何ら誇ることなく、むしろ抑えつつ、明治からジョージアンの日本英学の趣味の固着を、特有の日本語修辞によって爆発させ、日本英学をモダニズム相に連結し、古代中世学の枠組みのなかに日本英学を安定させ、さて、創作者にして学匠である苦しみを、楽々たる自己諷刺に転じ、洋の東西を超えでた稀有の「古代の春」を歌いでることのできた、恐らく、不世出の天才であると、わたくしは思う。（「学匠　西脇先生」四一〇―一一頁）

初出が『三田評論』一九八二年八・九月号、すなわち西脇順三郎が同年六月五日に亡くなってすぐの媒体であるためか追悼論文の性格があり、いささか冷静さを欠いて高揚した面持ちの文章だが、詩人・西脇を論ずる人々は多くても、学者・西脇を論ずる人々は意外に少ないので、ここでの由良氏の評価は、本書を読む上で決して見過ごせない。

それでは、初版刊行から八八年の歳月を経て、いま『ヨーロッパ文学』はどのように読み直せるだろうか。

その全体は、前掲由良論考の引用が示すように、きわめてぶっきらぼうに二部構成を採っているにすぎない。ごくごくおおざっぱに割り切れば、第一部はヨーロッパ文学を語るための最終的には文学批評史の原型を成そうとするさまざまな理論的実験であり、第二部はそこで得られた理論を元手にシェイクスピアからワーズワス、コールリッジを経てジョイス、ロレンス、エリオットに至る個別作家を斬り捌いていく各論、ということになろうか。にもかかわらず、一見したところ年代別になっているわけでもなく、著者の好むがままに配列したとおぼしき目次は、至ってランダムな印象を与え、西脇講義を聴いた人々の言うとおり、体系なき文学論といった色彩が濃厚である。

にもかかわらず、『ヨーロッパ文学』を読むと、モダニズムが人間主義的なロマンティシズム批判の立場より信条とした非人間化（dehumanization）および非個性（impersonality）の理論を、T・E・ヒュームらの思想を介して西脇なりに咀嚼し直し、そこから新しいヴィジョンを紡ぎ出すのがわかる。初期の西脇と後期の西脇とでは、たとえば王政復古時代のミルトンに対しては当初こそ軽視していたのが重視するようになり、かつてこそ同時代精神を分かち持つ絶好のライバルと見ていたエリオットに対しては当初こそ賞賛していたのが批判するようになるなど、批評的基準が変容していくけれども、しかし一九三三年、まだ三十九歳だった西脇は初期の理論形成期であり、本書は西欧のモダニズムをいかに日本語言説空間へ移植すべきかを真摯に検討した、批評的模索の集大成だったと見てかまうまい。そのときに、詩人としての利点をフル活用せんとしていたことは、ジェイムズ・フレイザー卿（一八五四―一九四一年）の『金枝篇』（一八九〇年）の文化人類学的視点やソシュール的な共時的時間観と共振するエリオット的な「伝統」観に寄り添うようでいて、必ずしもそこにとどまらない「序」に窺われる。

　教室といふ伝統的な世界を出来るだけ遠くさけて、大工と魚屋と街路の樹木との間に往来してゐる眼と耳のために書いたものである。今日まで発達した、数理的、認識論的、理化的な学問の体系を排斥して、単純な識別の機能によつて、僕は僕自身のformalism の平面で表現してゐる。街路に坐つて fetish（土人の人形）を説明して売つてゐるものにすぎない。

十九世紀に発生した sentimentalism をすてて、新しい sentimentalism を求めてゐる。Aphrodite Kallipygos の燦爛たる燐光的な腰のひねりも土人女の直立形も同一の perception と sentiment とをもつてみることが出来る。またラファエロの絵も土人の写真も同一の眼の平面に置くことが出来る。（『ヨーロッパ文学』八—九頁）

ロマンティシズムに対応するのが「十九世紀に発生した sentimentalism」で、モダニズムに対応するのが「新しい sentimentalism」であるのは、一目瞭然だろう。二十一世紀現在では差別用語にあたる「土人」という単語を、「序」のみならず本書全体において、西脇はじつに頻繁に用いるが、それも決して差別意識のなせる業ではなく、最新の前衛主義と最古の原始主義とはまったく矛盾せず同時存在秩序を成すという、モダニズム特有の方法論に準じたにすぎない。

これを理解するには、エリオットの『荒地』出版後三十周年の一九五二年に刊行された西脇訳が参考になるだろう。たとえば、こんな一節。

O O O O that Shakespeherian Rag -
It's so elegant
So intelligent
'What shall I do now? What shall I do?
(Eliot, "A Game of Chess," *The Waste Land* [1922])

ここでは、当時人気絶大だったミュージカル『ジークフェルト・フォリーズ』のために書かれたラグタイムの曲「シェイクスピア風ラグ」(一九一二年)が引用されている。それに啓発されたエリオットが "Shakesperian Rag" を "Shakespeherian Rag" と、いかにもシンコペーション風にもじっているのである。これを西脇訳詩はどう処理したか。

おー、おー、おー、おー、あのシェイクスピヒーア的ジャズは
とても優美だ
とても知的だ

訳注：また「ジャズ」は当時流行しだしたので作者はそれも荒地の現象として皮肉を言うのだ。「シェイクスピヒーア」ともじったところに皮肉がある。

（T. S. Eliot、西脇順三郎訳＆訳注『荒地』、『西脇順三郎コレクション　第三巻』八七、一一九頁）

アメリカ黒人音楽に属するラグタイムは基本的にきちんと楽譜に起こせる楽曲なので必ずしも即興性を重んじるジャズそのものではないが、ジャズの原型の一つには数え上げられ

るだろう。モダニズム音楽家エリック・サティやストラヴィンスキーがラグタイムを積極的に取り入れたのは周知のとおりだ。

かつて西脇は弟子の鍵谷幸信に対して「最近、君の土人の音楽の研究はその後進んでいるかね」と尋ねたことがあり（『詩人 西脇順三郎』二四頁）、その箇所だけを取りあげれば今なら言論検閲に引っかかるかもしれないが、西脇理論を広く渉猟すると、彼が「土人」という単語によって民族ごとの土着ではなく全人類の土着を広く想定していた事実に行き当たる。「土人に帰らふとする希望が多くの人間の頭に浮かんで時々出てくる」。今日「土人」という単語を聞けばアフリカ人とか黒人を差別的に語る死語という印象が強いが、西脇の場合には、むしろ全人類にとっての土着、全人類としての精神基盤的な構造があるのではないかということを考えていた。それは構造主義人類学を西脇独自の手法で一歩押し進めたヴィジョンであったろう。本書から四〇年近くを経たのちの西脇は、こう語っている。

詩もまた文化ですから、日本独特のものを出そうとするほうが間違っている、と思う。

折口信夫だってそういっていますよ。日本独特のものなんてつまらない。日本のもので、これが世界的なひとつの要素ならば、それは本当の日本的なものだと。やっぱり折口はいいことを考えている。折口は、最も日本的だとあなたがたは思うでしょうがそうじゃない。日本がいいってものはやっぱり世界的なものと合致するところに、日本のよさがある。（中略）ぼくの土着っていうのは、日本だけの土着っていうんではないですよ。全人類の土着っていうんですよ。土着的な人間にもどれば、みんなそうなる、ヨーロッパだってみんなそうだ。もどらざるを得ないんですよ。極言すると、人間の本質にもどるってことです。（西脇順三郎「伝統・土着・文明」、『現代詩手帖』一九七二年二月号）

そして「土人」に仮託した「土着」への回帰は、西脇にとって、福澤流の「独立自尊」や「学問の独立」を批判的に発展させ、「思考の独立」を取り返すことを意味した。

斯くの如く思考の独立といふことがあつて初めて、我々の頭も亦透明な季節乃至気候を醸すことになる。この透明な気候が所謂文学とか詩とかいふべきものではないかと思はれる。文学が屡々哲学とか科学とかと混同されるのは思考があるものを象徴するに使用されてゐる農奴の如き歴史があったからである。思考の独立があって始めて文学が独立する。（中略）

思考の文明が未だ進んでいない時は思考はいつも意味するために使用されて来た。十八世紀でも今日でも土人に帰らうとする希望が多くの人間の頭に浮んで時々出て来る。しかし思考は未だ文明といふやうなものに達してゐない。だから未だ思考を土人時代に戻さうとする希望さへ勿論出て来てゐない。

一般からみると恐らく思考の蒼白たる存在を希望することは、土人時代に帰らんとする希望であると考へられるかも知れないが、しかし土人程象徴するといふ精神活動から出ることが出来ないものであるやうだ。（中略）

要するに何物をも意味しない為に使用した思考にはその思考の独立がある。（中略）

ここで頭は茄子のやうに彎曲し尖る、すべての象徴動物の世界を去って針石の角度、光度、透明性が出来る。ここで思考の生物学が必要となる。この透明な思考の存在は水の中のやうで魚のアギが動く。（西脇順三郎「思考の使用価値」、『ヨーロッパ文学』所収、傍線部引用者、二七一―七四頁）

ここで思考すら生物学的対象になりうる二十世紀的可能性を模索する著者を理解するには、前述したように“senntimenntalism”が二種類の意味で使われているという基礎をふまえないと、理解しにくい。前掲由良君美が「学匠　西脇先生」のなかで、「西脇学匠が『ヨーロッパ文学』以来、あれほど哄笑して止まなかった〈感傷〉」と述べているのは、十九世紀までの「情緒」を指すが、西脇はそれを乗り越えた二十世紀の情緒を模索するあまりに、本書のすべてを賭けてモダニズムならではの「モラル」が――その結果としての「思考の独立」が――いかに発生するのかを思索したと言えよう。

結論から言うなら、西脇にとっては、たとえば古典主義やロマンティシズム、リアリズムといった範疇自体はべつにどれがどれに優劣しているといったかたちで攻撃されるべきものではなく、たんにそれぞれに関わる作家たち芸術家たちの態度ないし批評的距離感こそが問題であり、それぞれの範疇はそれぞれの目的に応じて価値が決まる。著者によれば、文学作品それ自体が一定の情緒を扱っているかどうか、ということと同時に、文学作品に関わる作家や読者が文学への絶対的盲目的価値を信ずるといった情緒が発生してしまいがちであり、「科学や哲学を好む人も非常にサンチマンタルである」(「文学的無神論」)ということと変わりがない。それは、たとえば情緒的な文学を批判するモダニズム文学を賞揚する人々白身が十二分に情緒的になっていること、昨今では文学的情緒を批判し自然科学的思考法やネオリベラリズム的方法論を優先させようとする人々自身が十二分に情緒的になりがちであることと同じである。エリオットと同い年にあたるハードボイルドの巨匠レイモンド・チャンドラーにしても、そのクールな非情さを貫く氷面下にはホットな情緒を隠し持っていたことを考え合わせればよい。文学と同じく科学も哲学も修辞体系であり言説構造であるというのはミシェル・フーコー以後に一般化したポストモダン批評の前提だが、西脇の場合はさらに、肝心なのはそうした範疇との距離の取り方次第で、文学批判者自身が不可避的に文学的な、あまりに文学的な対応を示すことがあることを、きわめて鋭利に切り取ってみせる。

そう、本書の一見ランダムに織り成されているかのように見える同時存在秩序は、じつのところ充分以上に論理的に構築されているのが判明しよう。どれほどモダニズム的立場より先行する文学史を批判しようとしても、そしてその批判によって文学史の呪縛から逃れ「新しい文学」という幻想（illusion）を紡ぎだそうとしても、まさにその批判する身振りそのものが、何らかのかたちで伝統を反復し、自らが解放されたいと切望する価値観を甦らせてしまう、という幻滅（disillusion）が、その論理の根幹を成す。たとえば、「思考の使用価値」の章は、意味を不透明にすることで思考そのものを透明にするというモダニズム的戦略の一端が披露されており、その省察はたとえばロラン・バルトの「零度のエクリチュール」やスーザン・ソンタグの「反解釈」に数十年ほども先駆けている点で驚嘆せざるを得ないが、西脇がそう模索した背後には、思考の透明化によって意味の圧制から逃れ、思考そのものの独立を図るというもくろみがあった。ここで再び「思考の使用価値」における洞察を思い出そう。

「文学が屢々哲学とか科学とかと混同されるのは思考があるものを象徴するに使用されてゐる農奴のごとき歴史があつたからである。思考の独立があつて初めて文学が独立する」(「思考の使用価値」第三節、二七一—七二頁)。

同時代にはI・A・リチャーズのように科学的類推で文学批評にのぞむ方向も出てきていたが、あくまで文学の独立を指向する西脇は「文学研究の方法は自然科学にはなり得ない。しかし研究者の態度の一つとして自然科学者の態度をアナロヂイとして取ることが出来る」(「文学批評」第四章「文学批評の実際」、二八九頁)と、留保つきでのみ容認しているにすぎない。この姿勢は、「芸術主義の理論」の章で「芸術は植物に属するならば、芸術学者は植物学者に当る。偉大な植物学者でも自らキャベツになることも出来なければ、キャベツの生命を造ることも出来ない」(八二頁)と述べていることと対応しており、文学研究と科学理論の連動に楽観的でないところは、本書よりほぼ四半世紀のちに刊行されるノースロップ・フライの『批評の解剖』(一九五七年)のような楽観主義を、あらかじめ殴りつけているようなものだ——それも、詩人・西脇だからこそ可能な絶妙のユーモアをもって。

このように、『ヨーロッパ文学』は、徹底してモダニズムの文学観を織り上げることにより、ポストモダニズムの文学的可能性をもはるか以前に先取りしてしまったところと、そこにひそむ文学的危険性をあらかじめ警戒しているところの両面を兼ね備えながら、世界文学的な普遍的原理を炙り出してみせた。世界文学の基礎をキリスト教に置き、「聖書」「古典的叙事詩と悲劇」「シェイクスピア」「ダンテとミルトン、中世カトリック教及び文藝復興期の新教の叙事詩」「ファウスト物語の翻訳」の五つを文学史的正典と想定したリチャード・グリーン・モウルトン（一八四九―一九二四年）の『世界文学』（一九一一年）の理論は、以後、我が国の英文学者・土居光知が批判的に発展させるところとなったが、同書の邦訳された一九三四年の一年前に西脇順三郎は本書『ヨーロッパ文学』を上梓することで、期せずしてモウルトンとも土居とも異なる水準から自身の世界文学を語っている。それはピカソやスタインからパウンド、エリオット、ピカソまでモダニストたちが積極的に摂取したアフリカの芸術のなかには前衛指向と原始主義が併存していたことを、まさに土人ならぬ土着を重視する独自の視線で練り直したものだった。

その先鋭的ヴィジョンは、ポストコロニアリズムを経た二十一世紀という今の時代だからこそ、いっそうわかりやすくなったかもしれない。しかし今から九十年近く遡る一九三三年という時代に、以後の二十世紀文学の夢と悪夢、期待と幻滅の展開を一気にシナリオ化してみせたこのノートブックの世界文学観が、周囲を煙に巻き、理解不能に陥らせたであろうことも容易に推察できる。だが、そもそも「わかる」とは一体何かという問題についても、西脇はジョージ・スタイナーが「わかる」ことの原理を説いた『むずかしさについて』（一九七八年）よりも半世紀ほども早く、あらかじめこう述べている。

〈わかる〉といふことは明瞭な世界のみを了解するのではなく、不明瞭な世界を不明瞭に知覚することも〈わかる〉といふべきである。表現者が不明瞭な世界を伝達するために不明瞭な表現形態を表現する場合、読者がその中に明瞭な世界を求めんとして、若し、求めることが出来ない時は当然なことで、その伝達が完全であるといふことになる。（中略）不明瞭な世界をみて明瞭でないといつて怒る人があるが、それは丁度魚をみて、魚

は人間でないといつて怒る人と同様な観がある。（「不明瞭な表現方法」、『ヨーロッパ文学』所収、二二九―二三〇頁）

こうした西脇のヴィジョンに対して、二人の忠実な弟子たちは、それぞれ建設的ながら再び対照的な解釈を示した。まず、由良君美はこう述べる。

〈外国の文化や文物を研究して、一体なんの役に立つのですか。外国人のようには、どうせ分るわけがないでしょう?〉英文学を商売にしていると、かならずこの種の質問をうける。至極もっともな質問であるが、こういう問いをする人は〈分かる〉ということを、つきつめて考えていないか、または、そのような疑念が吹っ飛んでしまうほど素晴らしい本――それも外国人による異国の文物研究書によって、魂をゆるがされた経験が一度もないかの、いずれかである。

ふるさとの水の味を舌の上で転がして味わうこと。これも一つの〈分り〉方ではある、この味ばかりは他国者には分るまいと悦に入って。だがこれは感傷的な自己満足ではあっても、まだ認識ではない。(中略)方法を逆駆使しながら他者とつながり、具体的文物のなかに自他を超えでる人類的に普遍的なものの姿を、ともに垣間みる認識の興奮を経験すること。知的営為とはそのようなもので、自己感傷的な攘夷とは関係がない。(由良君美「怖るべき洞察と博識の書を食べたまえ――M・バフチーン著『フランソワ・ラブレーの作品と中世・ルネサンスの民衆文化』」[初出一九七三年]、『みみずく古本市』[青土社、一九八四年]所収)

他方、鍵谷幸信はこう述べる。

西脇は随分ワカランことをいい、書きもしたが、詩も詩論も文学論もワカラナイまま、それはそれでものすごく面白かった。衆愚は西脇順三郎の詩を難解だといったが、これは当っていない。(中略)何度も読んでいると、この「ポポイ」や「パパイ」がギリシャ語であることなどどうでもよくなってきて、西脇順三郎の詩圏に撒布されたミニマル・ミュージックの反復音のような感じに誘いこまれる。ミニマル・ミュージックがそうであるように、この詩人のコトバに一種のトランス状態やトリップ感覚に陥る快感が生ずる。反復はしばしば退屈でもあるが、退屈も西脇詩では大切な要素として作用する。(鍵谷幸信「ポポーイの詩人」[初出一九八三年]、『詩人　西脇順三郎』所収、九二―九五頁)

アカデミックな学者批評家由良がロマンティシズムに立脚し、バフチンやスタイナーばりの批評的方法論を駆使して外国文学を「わかること」の真髄に迫ろうと考えた一方、ジャーナリスティックなジャズ評論家鍵谷は「わからなさ」そのものを一種の記号表現《シニフィアン》として楽しむというポストモダニズムばりの視点を展開した。両者の好対照ほど興味深いものはない。ここには西脇順三郎をも一環とするモダニズム以降の世界文学を模索する方途と同時に、世界文学から世界芸術全般へ接続する回路すら認められるからである。それは言うまでもなく、慶應義塾から出発した世界文学の二十一世紀的指標にもなりうるだろう。

◉参考文献（重要文献には注釈を付す）

秋草俊一郎『「世界文学」はつくられる　1827 - 2020』東京大学出版会、二〇二〇年。

安東伸介『ミメーシスの詩学――安東伸介著述集』慶應義塾大学出版会、二〇一三年。
＊西脇順三郎、厨川文夫以降の本塾文学部英米文学専攻の学風を最もよく伝える一冊。
宇沢美子「ポーになった日本人――ヨネ・ノグチの１８９６年剽窃騒動」、『三田文学』九十九号（二〇〇九年秋季号）、一八六―八九頁。

遠藤周作『沈黙』新潮社、一九六六年。

『回想の西脇順三郎』慶應義塾三田文学ライブラリー、一九八四年。

鍵谷幸信『詩人　西脇順三郎』筑摩書房、一九八三年。
＊西脇順三郎の学者ならぬ詩人的側面に焦点を当て、絶えず傍にいた著者でしか書けない、楽しいエ

ピソード満載の伝記。

――『サティ　ケージ　デュシャン――反芸術の透視図』小沢書店、一九八四年。

北岡伸一『独立自尊――福沢諭吉と明治維新』筑摩書房、二〇一八年。

九鬼周造『「いき」の構造』岩波書店、一九三〇年。

黒岩比佐子『パンとペン――社会主義者・堺利彦と「売文社」の闘い』講談社、二〇一〇年。

小泉信三『わが文芸談』講談社、一九九四年。

――・秋山加代・小泉タエ編『青年　小泉信三の日記』慶應義塾大学出版会、二〇〇一年。
＊ヨーロッパ留学中の若き小泉が最新の文学や芸術を吸収し、忌憚なく批評していくのが清々しい。
清岡暎一編、中山一義監修『慶應義塾大学部の誕生――ハーバード大学よりの新資料』慶應義塾、一九八三年。
＊ハーバード大学と慶應義塾との提携が始まった創世記の往復書簡を和英対訳で掲載。トマス・サージェント・ペリー教授招聘の詳細も含む。
慶應義塾大学文学部創設百二十五年記念編集委員会編『慶應義塾大学文学部創設百二十五年』慶應義塾大学文学部、二〇一五年。

『現代詩手帖』二〇一八年七月号（第六十一巻第七号、特集：ヨネ・ノグチ　Seen and Unseen）。

白井堯子『福沢諭吉と宣教師たち――知られざる明治期の日英関係』未來社、一九九九年。
＊英国聖公会から米国ユニテリアンへと、慶應義塾のコネクションが大きくシフトする経緯を克明に物語る。
末延芳晴『荷風のあめりか』（原著 一九九八年）平凡社、二〇〇五年。

――『慶應義塾大学文学科教授　永井荷風』集英社、二〇一八年。
＊作家の留学体験とともに『三田文学』編集長時代前後にスポットを当てた資料充実の評伝。
高橋康也『ノンセンス大全』晶文社、一九七七年。名論文「『荒地』におけるセンスとノンセンス」収録。

巽孝之『モダニズムの惑星――英米文学思想史の修辞学』岩波書店、二〇一三年。

都倉武之、横山寛編『慶応四年五月十五日――福澤諭吉、ウェーランド経済書講述の日』慶應義塾大学出版会、二〇二一年。

長畑明利「世界文学として読むエズラ・パウンド」、〈アメリカ学会会報〉第二〇三号（二〇二〇年七月号）、一頁。

西脇順三郎『西脇順三郎全集第六巻（ヨーロッパ文学）』（原著 一九三三年）筑摩書房、一九七二年。

――『西脇順三郎コレクション第三巻　翻訳詩集』慶應義塾大学出版会、二〇〇七年。

――「伝統・土着・文明」、『現代詩手帖』一九七二年二月号。

――『Ambarvalia／旅人かへらず』（原著一九三三年／一九四七年）講談社、一九九五年。
＊講談社文芸文庫の一冊であり、現在、最も安く入手しやすい西脇詩集。
西脇順三郎を偲ぶ会編『続　幻影の人西脇順三郎を語る』恒文社、二〇〇三年。

野口米次郎『ポオ評傳』第一書房、一九二六年。

平川祐弘『進歩がまだ希望であった頃――フランクリンと福沢諭吉』新潮社、一九八四年／講談社学術文庫、一九九〇年。

福澤諭吉『学問のすすめ　ほか』中央公論社、二〇〇二年。

堀まどか『「二重国籍」詩人　野口米次郎』名古屋大学出版会、二〇一二年。
＊慶應義塾入学時代から渡米以後、帰国以後まで、日本人の手になる最も詳細にして包括的なヨネ・ノグチ伝。
松田隆美『チョーサー「カンタベリー物語」――ジャンルをめぐる冒険』慶應義塾大学出版会、二〇一九年。
＊「女子修道院長の話」について昨今批判されるユダヤ人差別意識に新解釈を施す。

『三田文学』第一三五号（二〇一八年秋季号、特集：永井荷風・奥野信太郎）。

水上滝太郎『倫敦の宿』、『水上滝太郎全集　第六巻』（初版　一九四一年）岩波書店、一九八四年。

由良君美『椿説泰西浪漫派文学談義』青土社（初版　一九七二年）増補版　一九八三年。

――『みみずく古本市』青土社、一九八四年。

――「学匠　西脇先生」、『回想の西脇順三郎』慶應義塾三田文学ライブラリー、一九八四年、四〇六―一四頁。

吉田朋正編『照応と総合――土岐恒二個人著作集＋シンポジウム』小鳥遊書房、二〇二〇年。
＊ラテンアメリカ文学の本邦紹介にも力のあった英文学者を偲ぶ大冊だが、とりわけエズラ・パウンドのセクションの充実ぶりは圧巻。
四方田犬彦「西脇順三郎と完全言語の夢」、『言語文化』一九号（二〇〇二年三月）、八八―一〇三頁。
＊ホセア・ヒラタの理論を発展させ、西脇順三郎がやがてギリシャ語と漢語の比較研究に夢中になっていく「晩年のスタイル」の本質へ迫る。
――『先生とわたし』新潮社、二〇〇七年。
＊西脇順三郎と由良君美の師弟関係について詳述する。

Eliot, T.S. *Collected Poems 1909-1962*. London; Faber&Faber, 1974.

——. *The Waste Land: Facsimile and Transcript of the Original Drafts Including the Annotations of Ezra Pound*. Ed. & Introd. Valerie Eliot. Harcourt, 1971.

——. *The Annotated Waste Land with Eliot's Contemporary Prose*. Ed. Lawrence Rainey. Yale UP, 2005.

Fenollosa, Ernest and Ezra Pound. *The Chinese Written Character as a Medium for Poetry*. 1919. Ed. Haun Sausy, Jonathan Stalling and Lucas Klein. Fordam UP, 2008.

Hirata, Hosea. *The Poetry and Poetics of Nishiwaki Junzaburo: Modernism in Translation*. Princeton UP, 1993.

＊英語圏で書かれたうちで最良の西脇研究。翻訳と批評双方を含む。

Kuki, Shuzo. *The Structure of Detachment: The Aesthetic Vision of Kuki Shuzo with a translation of Iki no kozo*. Tr. Hiroshi Nara with essays by J. Thomas Rimer and Jon Mark Mikkelsen. U of Hawai'i P, 2004.

Noguchi, Yone. *The Story of Yone Noguchi*. George W. Jacobs, 1914.

＊ポーからの剽窃疑惑を果敢に振り払う一文を含む。

Perry, Thomas Seargent. *English Literature in the Eighteenth Century*. Harper & Brothers, 1883.

＊その序文からして、当時のイギリス文壇の中心的作家マーガレット・オリファントの著書『十八世

紀末と十九世紀初頭の英文学史』（一九八二年）を批判し、文学史は天才的霊感ではなく一定の進化論的法則に準ずるものとする挑戦的姿勢が明らかだ。

Poe, Edgar Allan. "Plagiarism -- Imitation -- Postscript to Mr. Poe's Reply to the Letter of Outis." *Broadway Journal*, April 5, 1845, 211-12.

＊ポーのロングフェロー論争のクライマックス。

Pound, Ezra. *Pound: Poems and Translations*. The Library of America, 2003.

Tatsumi, Takayuki. *Young Americans in Literature: The Post-Romantic Turn in the Age of Poe, Hawthorne and Melville*. Sairyusha, 2018.

第三部

作家生命論の環大陸

——来るべきアメリカ文学思想史——

The Laws of Literary Life Cycle: Towards a Transnational Literary History

0. 作家生命論序説——漱石、エマソン、ウェルズ

私のライフワークは作家生命論である。そのきっかけは岩波書店の雑誌『文学』二〇一二年五&六月号の夏目漱石『文学論』（一九〇三—〇五年草稿、一九〇七年刊行）特集への寄稿を依頼されたことだ。以後もこのテーマへの関心は途切れることなく、比較的最近では日本マーク・トウェイン協会二〇一九年度シンポジウム「トウェインと演劇」（司会：江頭理絵、講師：宇沢美子、山本秀行、巽孝之）において批判的発展形を披露した。このときのパネル草稿はトウェイン協会学会誌和文号『マーク・トウェイン——研究と批評』に掲載された。さらに、そこでは枚数制限のため十二分に書ききれなかった部分を抜本的に補った英語版も、二〇二一年六月刊行のアメリカ学会英文号 *The Japanese Journal of American Studies* 第三十二号に発表された。そのメインタイトルは "The Laws of Literary Life Cycle." 直訳すれば「文学的生活環《ライフサイクル》の法則」なので「作家生命論」とはややズレがあるように響くかもしれないが、このテーマを考え続けてきた結果、作家自身の個体としての生命、死後の文学史的存

在としての生命のみならず彼または彼女が生み出してきた作品そのものの生命を統御する法則をも考えるようになったがために、このようなコンセプトが要請された次第である。本稿が関心を抱く生命力とはいわゆるサバイバルとほとんど同義をなすものと考えてさしつかえない。以下の議論は、以上の経緯を踏まえつつ、さらに一捻りを加えたものである。

そもそも、今なぜ『文学論』なのか。漱石は一般に難解と言われるこの長編論考の構想を、一九〇〇年から二年間に及ぶロンドン留学中に温め、帰国後、東京大学や明治大学でしばらく教えたのちに刊行しており、昨今ではロシア・フォルマリズムやニュー・クリティシズムとも関連する批評理論の走りとして解釈されることが多い。

けれども、二十一世紀現在の視点からすれば、このテクストは作家が作品を生み出し、その作品がいかに文学史上に足跡を残していくか、あるいは足跡を残しそこなったにもかかわらずなんらかのきっか

夏目漱石

けで再評価されていくかをめぐる、作家生命論とも呼ぶべきライフサイクルの理論として読み直すことができる。

たとえば漱石は『文学論』第五編第五章「原則の応用（三）」において、アメリカ超越主義思想家ラルフ・ウォルドー・エマソンを引き、こう述べる。「著者の為せる所のもの、また著者の為し得る所のものは、無数の年月の労力によりて彼に供給せられたる材料を新型に再鋳するに過ぎざればなり。この意義において Emerson のいへるが如く各人は、等しく剽窃者なり。各物は剽窃なり。家屋といえどもまた剽窃なり。と彼らの斬新ならんとして斬新なる能はざるを諷するに似たり。暗示の漸次なるを著書の上に道破せるに過ぎず。芸術評論家の語に曰く如何なる大芸術家も、Phidias も Michael Angelo も Velasquez も遂に全然新様なる美の理想を思念しまた表現する能はずと、暗示の突然として天外より降下せざるをいふに過ぎず」。

「剽窃」とはいささか物騒な表現であり、今日の大学教員なら学生レポートのネット上文献からのコピペをまっさきに連想しかねないものの、しかしまさにエリオット的伝統観からインターテクスチュアリティや創造的誤読理論が生まれたいきさつをふまえるコネチカット大学教授マーク・シルヴァーは、ポーの名作短篇「盗まれた手紙」をパロディ化して——それこそ剽窃して？——『盗まれた文学——一八六八年から一九三七年までの期間における文化的借用と日本の犯罪文学』（ハワイ大学出版局、二〇〇八年）なる浩瀚なる比較文学的探偵小説研究を上梓しているほどだ。モダニズム前夜に生きた漱石から一世紀、ポストモダニズムを経た現在において、「剽窃」が立派な文学装置的資格を得ていることには、深い感銘を覚えざるをえない。昨今のポストモダン生物学の要領を借りれば、ここで漱石が表現する文化的剽窃とは、まさに生物学的遺伝子（gene）ならぬ、リチャード・ドーキンス流の文化的遺伝子（meme）の働きによるものと考えられる。そこには、ロマン派文学でいう独創的天才の観念そのものが神話であること、個々の作品においても個体発生は系統発生をくりかえすと見る文学進化論的な文学の科学が可能であることが、ほぼ一世紀にわたって定着していった歴史が垣間みられよう。

漱石がダーウィニズム以後、ハーバード・スペンサー（一八二〇—一九〇三年）らに代表

H. G. ウェルズ

される社会進化論に深い関心を抱き、池田菊苗の影響や寺田寅彦との交流からいわゆる大英帝国流の科学主義を培っていたことは、改めて指摘するまでもない。私はかつて『吾輩は猫である』（一九〇六年）を精読して、そこにH・G・ウェルズが動物を人間に改造し獣人に仕立て上げていく『モロー博士の島』（一八九六年）との顕著な類比可能性を見て取り分析したことがある（『漱石研究』第十四号（特集・吾輩は猫である）〔翰林書房、二〇〇一年十月、四八―五二頁〕）。猫が公衆浴場に入って、ひときわ巨大な男を目撃し「超人だ。ニーチェの所謂超人だ。魔中の大王だ。化物の棟梁だ」と語るところで露呈する超人思想が、必ずしも生の哲学者フリードリヒ・ニーチェの『ツァラトゥストラはかく語りき』（一八八三―八五年）を意識した比喩ではなく、ひょっとしたらこの猫自身が生命進化の彼方に到来する文字どおり一種の「超人」ではないか。そう思ったのは、ウェルズ作品の前提と同じく漱石の猫もまた、咽喉の構造が障壁のため人間のようには喋れないのだと告白しているからである。

記念すべき漱石デビュー長篇となる『猫』は一九〇五年に執筆開始され一九〇六年に単行本として上梓されているから、この時期は一九〇〇年以降のロンドン留学以来構想していた『文学論』をまがりなりにも脱稿し、弟子の中川芳太郎の校閲を経て刊行にこぎつける一九〇六年から一九〇七年までの期間と重なっている。英国留学以来の神経衰弱はエスカレートするばかりで、しかも帰国早々の一九〇三年には一高の生徒・藤村操《ふじむらみさお》が漱石に勉強不足を叱責され、そのことをも一因として投身自殺してしまうという悲劇にも見舞われた。漱石内部において、人間の進化と退化が文学の進化と退化に二重写しになっていた可能性は否めない。だからこそ、彼は「序」のなかで、こう綴る。「余は心理的に文学は如何なる必要あつて、この世に生まれ、発達し、頽廃するかを極めんと誓へり。余は社会的に文学は如何なる必要あつて、存在し、隆興し、衰滅するかを究めんと誓へり」。自身が歯科医でもある文芸評論家・長山靖生が、この一節を彩る「隆興し、衰滅する」という言い回しがスペンサーを代表格とする「社会進化論者の常套句だった」と判定しているのは啓発的だ(『鷗外のオカルト、漱石の科学』〔新潮社、一九九九年〕)。漱石は文学を論ずるのに科学を援用するが、それを表明する文章を支えるレトリックそのものに、社会進化論のヴィジョンが刷り込まれているのである。

1. トマス・サージェント・ペリーの社会進化論的文学史

漱石のこうした「隆興し、衰滅する」という表現が忍ばせているのは、社会進化論が一種の科学である限り、そこには一定の法則が機能しているとする信念であろう。ここで補助線として援用したいのは、本書第二部でも触れたように、慶應義塾が英米文学史のカリキュラムを開設するにあたって一八九八年に、福澤諭吉がハーバード大学総長エリオットへの書簡で英文学の専門家を要請し、それに応じて、黒船で我が国の開国を促したマシュー・ペリー提督の甥の子にあたる英米文学者トマス・サージェント・ペリーが慶應義塾へ派遣されたことである。その大まかな来歴や業績についてはすでに本書第二部で紹介した通りだが、ここでは彼自身がもう一人の社会進化論者であり、文学進化論的研究を行なっていたことについて、その著作から引証してみたい。

具体的に代表作『十八世紀英文学』を紐解いてみよう。同書はジョン・ダンら十七世紀形而上詩人からコールリッジやワーズワスら十九世紀ロマン派詩人までをカバーした堂々たる文学史だが、ページを開けてまず注目されるのは、北米においてダーウィンやスペンサーの影響を受けた進化論的歴史哲学者ジョン・フィスク（一八四二—一九〇一年）への献辞があることだ。「ジョン・フィスクへ謹んで本書を捧ぐ——彼が示してくれた友情と模範こそは私の励ましとなった」。

トマス・サージェント・ペリー

そしてその序文では、本書が扱ってしかるべき作家たちはたくさんいるにもかかわらず、たとえば詩人のマシュー・プライアー（一六六四—一七二一年）

や作家トバイアス・スモレット（一七二一―七一年）にはちらりと触れているに過ぎないし、近代小説の父ヘンリー・フィールディング（一七〇七―五四年）についても十分な議論を尽くせなかったという言い訳が述べられ、その後にこう書かれている。

とはいえ私が本書で目論むのは、さまざまな歴史観を補充するのに、文学を統御する明らかな法則を可能な限り指摘することであった。したがって、私がここで示そうとした諸原理は、一体どのように前世紀の文学がいかに形成され、いかに崩壊したかを物語る。もちろん、文学が何らかの法則によって支配されているなどという信念など受け入れがたいと仰る方々も少なくあるまい。だが、例えば多くの読者から当然の如く称賛されてやまないオリファント夫人（一八二八―九七年）の名著『十八世紀末から十九世紀初頭までの英文学史』を開くと、そこにはこう書かれている。「どんな詩人も新しい奇跡なのだ――少なくとも奇跡として生み出されたのだ――先行詩人の恩恵に預かることなく、その才能は法則では図りがたい衝動からもたらされたのである」。

さて、もしもオリファント夫人のこの発言が正しいとするなら、文学は普遍法則には一切従わない例外ということになる。だが、オリファント夫人自身の傑作長編小説に目を転じるならば、その作品群は全て、精密なる人生の描写と直截的な教訓の回避によって、小説史においてしかるべき位置を占めているのが了解されるのである。（ペリー『十八世紀英文学』六―七頁）

ハーバート・スペンサー

スコットランド作家マーガレット・オリファント夫人の文学観がロマン派的天才像を前提に文学例外主義を展開していたとすれば、ペリーはスペンサーやフィスクの影響の下、リアリズム的な文学進化論的歴史観を標榜し、文学が一定の法則に支配された上で発展していくのを疑っていない。天才は歴史上の例外として登場するのではなく、彼または彼女もまた一定の進化論的法則に従っているのだという確信が、そこにはある。ドナルド・パイザーも指摘するように、スペンサーに見られる「散漫な同質性（incoherent homogeneity）から整合的な異質性（coherent heterogeneity）へ」という進化論的歴史法則は、自然のみならず社会にも応用可能であり、それを例証するのが「軍事型社会から産業型社会へ」というモデルである。ペリーは、まさにこうしたスペンサー的社会有機体説に啓発されて、文学進化論とでも呼ぶべき理論を構築したのである。本書には"evolution"という単語は使われていないが、その代わりに"development"という単語が頻出することからも、社会進化論の影響を見てとることはたやすい。

加藤弘之

そして、ここが肝心なのだが、近代日本の父・福澤諭吉もまた、明治一〇年代の日本が盛んに取り入れたスペンサーの社会進化論について、明六社同人の森有礼や加藤弘之ら同様、深く親しんでいたことだ。福澤は一八七五年にはスペンサーの『社会学研究』を読了しているが、それに先立つ一八七四年に

森有礼

はすでに自身の『学問のすゝめ』第四編「学者の職分を論ず」においてスペンサー的「力の平衡」理論(Equilibration)を思わせる「力の平均」という説を唱えている。これは、環境の変化に応じて、生物の側も種を破壊する力と保存する力を動的に均衡させ、環境に適応する能動的な能力を向上させていくという考え方に基づく。ということは、間接的にせよ一八七三年あたりにはもう、我が国の知識人たちはスペンサーの社会進化論に馴染んでいた可能性が高い。社会進化論は生物学的有機体説を社会や国家に適用したところに特徴があるが、明治の知識人たちはそこに近代国家ならではの歴史的ヴィジョンを見出した。

となれば、漱石が直接的にせよ間接的にせよ、スペンサーやフィスクを経由したペリーの進化論的文学史を意識していなかったとは考えにくい。今日の我々はミシェル・フーコー的な歴史観と構築主義に慣れきっているが、明治日本においてはスペンサー的な歴史観と力の均衡の思想（equilibrium）が国民に広く訴えかけたのである。

2．「作者の死」と作品の再生 ――トウェイン晩年の戯曲 *Is He Dead?*

漱石は『文学論』第五編第六章「原則の応用（四）」でジェイン・オースティンを「今代《こんだい》の認めて第一流の作家」としながら、彼女のデビューに至る経緯が茨の道であり、ろくな原稿料にも恵まれなかったことにふれ、「天才の冷遇せらるるや概ねかくの如し」と断じている。フランスの画家ミレーについても「天下一人《いちにん》の彼」が生前は不遇をきわめるも、没後には「順逆の境を一夜に変じ、有名なる *The Angelus* に二十四万円［八億円］の価格を附するに至れり」と運命の皮肉を喝破して、こう述べる。「従って後世に謳歌せらるる天才よりも、禽獣と同じく泯滅《びんめつ》せる天才の数は夥しからざるべからざるの理なり」。

このくだりに接して、私は漱石の洞察を、折しもアメリカ国民作家マーク・トウェイン

（一八三五―一九一〇年）が、それに十年も先立つ一八九八年、ほかならぬジャン＝フランソワ・ミレー（一八一四―七五年）の作家生命を主題にして書き上げた三幕もののブラック・コメディ『彼は死んだのか？』（*Is He Dead?*）と完全に通底するものとして実感せざるを得なかった。ミレーといえば、今日の一般的理解からするならば、十六世紀フランドルにて開拓されたピーテル・ブリューゲルらの農民画の伝統を受容しつつ、最終的には十九世紀末から二十世紀初頭にかけてモネやピサロ、セザンヌら印象派の画風にまで影響を与えたフランス画家として、広く知られているだろう。だが、その生涯は必ずしも恵まれたものではなかったという通説がある。いわゆるミレー神話である。このミレー神話に基づき、ダーウィン進化論やスペンサーの社会進化論に馴染んでおり、誰よりも進化論的文学史家トマス・サージェント・ペリーから高く評価されたトウェインは、この戯曲に五年先立ち「生死如何」"Is He Living or Is He Dead?"

『彼は死んだのか？』のカバー

（一八九三年）という短編小説をものし、借金苦を逃れようと別人になりすます天才画家ミレーの物語を展開した。ちなみに、何とこれこそが初めて日本語に翻訳されたトウェイン作品であった（出版された一八九三年のうちに山県五十雄の手で邦訳され『少年文庫』に収められており、有島武郎は一九二二年、この短編に基づき「ドモ又の死」なる戯曲を発表し、それは二十一世紀に入った二〇〇七年、奥秀太郎監督の手で映画化された）。

ただしトウェインの短篇小説「生死如何」は、そのアイデア自体は興味深くとも、何ら読者を惹きつけるプロットを備えてはいない。それが戯曲版という正しいジャンル的形式を得て発展したのは、彼が借金苦のため一八九七年に家族とともにアメリカを離れオーストリアの首都ウィーンに滞在し、同地の演劇界に親しむようになったからである。かくして作家は一八九八年の一月十四日から二月五日にかけて、ウィーンで自分の短編を翻案するかたちで、一種のアダプテーションとしての戯曲『彼は死んだのか？』を書き上げる。そこでは若き天才画家ミレーが悪徳高利貸に追い回され、借金苦の果てに恋人のマリーすら奪われかねなかったため、友人であるイエール大学の画学生アガメムノン・バックナー、通称シカゴの発案に従い、仲間の画家たちや弟子たちの協力によりあえて自分を死んだことにしてしまい、自らの架空の双子の妹になりすます。そして早すぎた天才の死に伴って上昇する名声とそれに正比例して価値が高騰する作品の売り上げをまんまと受け取らんとする、実に上出来かつ抱腹絶倒の戯曲を書き上げたのだ。

もちろん、文学史においては、生前に作品が評価される作家もいれば、生前は不遇でも死後に作品が何度となく評価される作家もいよう。前者のタイプにはジョージ・リッパードが、後者のタイプにはエドガー・アラン・ポーがいる。また存命中に円熟期を通り過ぎてしまい、作家としての生命が終わっても人間としての生命がえんえんと続く作家もいよう。ハーマン・メルヴィルやJ・D・サリンジャーはその典型である。

今日ではロラン・バルトやミシェル・フーコーも言うように、生身の作家よりもテクスト上の機能としての作家が重んじられており、ひとえに「作者の死」と言ったら、構造主義以後の概念を意味するようになった。けれども、ギルバート・アデアが脱構築批評の巨匠ポール・ド・マンの死によって批評理論すら歴史化されてしまったことを物語にした作品がずばり『作者の死』*The Death of the Author*（初版一九九二年）と題されていたのを思い出すならば、作者が生きているか死んでいるかという分水嶺は、文学史上決して見逃すことはできない。トウェインはもともと、『地中海遊覧記』*Innocents Abroad*（一八六九年）第二十七章において、イタリアのジェノヴァにおける観光ガイドがアメリカに到達したコロンブスの筆跡や銅像をあまりにも褒めそやすものだから、それに対するアメリカ人に「最悪の筆跡だ」"the worst writing."「だってそいつ死んでるんだろ？」"Is he dead?" と対応させていた。過去の栄光にすがりつき現役の芸術家には一顧だにしないヨーロッパ人は、このアメリカ国民作家にとってたえず揶揄すべき対象なのである。だとすれば、『彼は死んだのか？』で語られているのは、環大西洋規模で展開する作家生命論そのものではあるまいか。

作家生命とは何か、それは資本主義文学市場といかに連動するのか。物故作家はいかに忘れられ、いかに生き延び、いかに甦るのか？　本稿では、トウェイン戯曲から文学的普遍の原理に迫る。

3. トウェインとミレー――円熟期の『晩鐘』

まずは、『彼は死んだのか?』と関わる範囲において、作家トウェインよりも十六歳ほど年長に当たる画家ジャン＝フランソワ・ミレーの経歴を簡単に紹介しておこう。

ミレーは一八一四年にノルマンディー地方のシェルブールはグレヴィル村グリュシー地区の農家に八人兄弟の長男として生まれ、類稀な画才を評価されて一八三七年にパリへ赴き人気画家ポール・ドラロッシュに師事する。一八四〇年にサロン展に初入選して事実上のデビューを飾り、故郷へ凱旋した彼は四一年、洋服仕立屋の娘ポーリーヌ・ヴィルジニー・オノ（一八二一―四四年）と結婚。ときに新郎二十七歳、新婦二十歳であった。

ジャン＝フランソワ・ミレー

この新婚生活から一八四三年までは、ミレーの肖像画家としてのピークであったが、しかし新婦ポーリーヌが結核にかかり、四四年に死別するという不幸に見舞われている。けれども傷心のミレーはシェルブールに帰郷した際に家政婦をしていた当時十八歳のカトリーヌ・ルメールと出会い、四五年には彼女と結婚して駆け落ち同然の形で再びパリへ進出し、モンマルトルの丘のふもとにあるロシュシュアールという芸術家村に腰を落ち着ける。当時、財力を蓄えなければならなかったミレーの収入源は肖像画と裸体画であった。二月革命後の共和国政府に気に入られて新作を注文され、評価も上り調子だったからだ。そのなかには旧約聖書に材を取った『ハガルとイシュメール』(一八四九年)のような問題作もあるのだが、アルフレッド・サンスィエの伝記によれば、折しもミレーに「裸体画しか描かない画家」という悪評が蔓延する。加えて一八四九年にはパリにコレラが流行し、ルイ・ナポレオン大統領によるローマ共和国弾圧に抗議して左翼共和派が起こした暴動が鎮圧され、以前のミレーを支えてくれた政治家たちも一掃されてしまう。それが決定的となり彼は以後、作風を変える。肖像画や裸体画から農民画へと抜本的変更がなされるのである。

そして、彼が新たな拠点として定めたのが、パリの南六十キロの地点にあるフォンテーヌブローの森の西の入り口に位置する古い村バルビゾンであった。この村唯一の宿屋「ガンヌの宿」に、騒乱のパリを逃れてきた多くの才能ある画家たちが集い、のちに「バルビゾン派」と呼ばれるようになる。ミレー自身、このバルビゾンの地に一八七五年に没するまで暮らしており、まさにこの地でこそ、後世に語り継がれ、今日の我々がミレー芸術の真髄にして代表作と確信する傑作群が続々と送り出されるのだ。

ミレー『落穂拾い』（オルセー美術館蔵）

『種蒔く人』（一八五〇年）しかり、『落穂拾い』（一八五七年）しかり、『晩鐘』（一八五七―五九年）しかり、『夕暮れに羊を連れ帰る羊飼い』（一八五七―六〇年）しかり、『羊飼いの少女』（一八六四年）しかり、『鵞鳥番の少女』（一八六七年）しかり。漱石は前掲の『文学論』において「有名なる The Angelus」すなわち『晩鐘』に触れているけれども、他ならぬ漱石自身がミレーの「鵞鳥番の少女」に惚れ込んだあげく、一九〇三年以降に、それを水彩画で模写したほどだ。ちなみに現在、ミレーの「鵞鳥番の少女」は東京富士美術館に、その漱石模写は山梨県立文学館に収蔵されている。

さて、このミレー円熟期においてとりわけ評価の分岐点になったのは『羊飼いの少女』である。というのも、同作品はサロン展で一等賞を獲得した結果、政府が買い上げる旨を申し出るも、ミレーは元来の注文主に二千フラン以上で売却し、以後のミレーの市場価値は高騰の一途を辿ったからだ。一八五〇年代から六〇年代にかけてのミレーはまさに円熟期を迎え数々の名作を生み出していたことがわかるだろう。一八六三年までにミレーは妻カトリーヌとの間に三男六女、すなわち九人もの子どもをもうけており、さらに故郷からは弟二人が弟子入りしていたので、大家族の家父長としての重責を担っていたが、複数のベルギー画商と長期契約を結ぶばかりか、マサチューセッツ州随一の大富豪クインシー・アダムズ・ショウが一八六七年以降にミレーの名作を合計五十六点購入し、画家没後の一八七〇年代末期までの期間において、個人所蔵としては世界最大級のミレー・コレクションを所有するに至る。

したがって、トウェインが注目した『晩鐘』は、まさにミレーの円熟期を代表する一作だ。

しかも、本作品がアメリカという文脈において特権的なのは、単に傑作というにとどまらない。この作品が成立するに当たっては、ボストン生まれの作家にして美術コレクターであったトマス・ゴールド・アップルトン（一八一二―八四年）が一八五七年に具体的な提案とともにミレーに注文しながら、完成しても受け取りにこなかったがため、結局ミレーは一千フランで売りに出したという経緯がある。その結果、アメリカにおける一大ミレー・ブームが起こったのだ。ミレーの没後、一八八九年にフランス対アメリカのオークション争奪戦が行われ、『晩鐘』は五十五万三千フランにまで跳ね上がる。フランス革命百周年の記念の意味もあったのだが、この額は現在の値段にして五億五千三百万円に相当したため、あまりの高値にフランス政府が辞退し、このときにはアメリカ美術協会が『晩鐘』を七五万フラン、すなわち現在の約八億円で獲得して全米を巡演することになり、アメリカ人はミレーに熱狂した。当時の日本の国家予算は八千二百十五万円であり、一億円にすら満たなかったのであるから、ミレーの絵画一枚が日本の国家予算のほぼ十倍に相当したことになる。もっとも、のちの二十世紀初頭には、本作品は最終的にフランスにお里帰りし、ルーヴル美術館を経てオルセー美術館に収まっている。

4. アメリカにおけるミレー神話
——愛弟子ハント、師匠ミレーにエマソンを読ませる

以上のミレー伝を前提にするならば、トウェインの『彼は死んだのか?』は、これまで解釈されてきたような清貧の画家ミレーによる驚くべきサバイバル劇といった作品どころではないことが判明しよう。そして、トウェインがミレーの伝記的背景に施したさまざまの歴史改変のゆえんに、興味を抱くようになるだろう。そもそもミレー本人の発言に立脚するならば、彼が演劇というジャンルそのものに嫌悪感を抱いていたのはあまりにも有名だ。彼はこう述べている。

「私が芝居嫌いになったのはリュクサンブール美術館が原因であった。そして、当時パリで上演されていた話題の舞台を全く知らないわけではなかったものの、俳優や女優の示す誇張や嘘や作り笑いなどに耐えきれなかった。それ以来、こうした芸能人たちと私的に交流したこともあるのだが、この連中は他人に扮するあまりに自分自身の個性をなくすのみならず、何らかの役柄を与えられなければしゃべることすらできなくなっているのを確信するばかり。結局こうした芸能人たちは真実や常識を見失っており、造形美術の素朴な情緒すらわからなくなっているのだ。したがって、もしも真実と自然さを追求した芸術を追求しようと思うなら、演劇とは無縁でなければならない」(ジュリア・カートライト『ジャン＝フランソワ・ミレーの生涯と手紙』[マクミラン、一八九六年]) に引用、五一頁)

つまりトウェインが芝居嫌いを明確に宣言しているミレーを芝居の舞台に引っ張り出したのは、ミレー本人の思想とまったく矛盾するのだ。とはいえ、経済的に困窮を極め借金取りによって首が回らなくなった芸術家を設定すれば、そうした矛盾を冒してもミレーが芝居に関わらざるを得ず、しかも本人が女装までせざるを得ない局面を演出できる。そう踏んだトウェインは、まず、あまりにも大胆な改変を時代設定に施す。戯曲冒頭に掲げられた前注にはこう記されている。

註・時代は一八四八年以前であり、依然としてルイ・フィリップ王の治世。ミレーが生まれたのは一八二〇年以前（正確なところは忘れたが、それは重要ではない）。本編における彼は二十五歳前後。(*Is He Dead? : a Comedy in Three Acts*, XV)

繰り返すが、ミレーの円熟期はパリからバルビゾンへ移住する一八五〇年代から六〇年代にかけてであり、『晩鐘』は一八五七年から五九年にかけて描かれ、その値段がどんどん釣り上がっていったのは画家の死後十四年後の一八八九年のことである。それは画家が四十代から五十代を迎える頃にあたる。ところが、この戯曲では作者は時間錯誤を「作家に与えら

ミレー『晩鐘』（オルセー美術館蔵）

れた特権的自由」とみなして「一八四八年以前」のバルビゾンを舞台に据え、そこでのミレーはすでに画家仲間たちに囲まれて『晩鐘』を描きあげているばかりか、年齢は「二十五歳前後」という設定なのだ。実在のミレーは一八一四年生まれだから、本作品で二十五歳ぐらいならば、ときは一八三九年ということになるだろう。一八四八年には二月革命が起こり、時代の趨勢を受けてミレーは作風の変革を試み、バルビゾン移住を決意するのであるから、そうした脈絡をバッサリ切り捨てた、これは大幅な改変である。ちなみに、トウェインの肖像画家としてフランスの巨匠と酷似した名前を持つアメリカ画家フランシス・デイヴィス・ミレー（Frank Millet）は一八四八年生まれ（一九一二年没）だから、彼との混同を避ける意味もあったのだろうか。いずれにせよトウェインの歴史改変では『晩鐘』は実際より二十年も早く完成していたことになる。一体なぜ、かくも大胆な時代改変を施したのか？

一つの理由は、基本的にこれがいかにブラック・コメディであっても、その根底にはミレーとマリーをめぐる恋愛ドラマが流れているからだ。この物語学を成立させるには、少なくとも実在のミレーがまだ独身の時代、すなわちポーリーヌと結婚する一八四一年以前の時代に設定せねばならなかった。

二番目の理由は、ミレーが肖像画家として成功を収めるのは、親友マロルの父親を描いた肖像画『ルフラン氏の肖像』がサロン展で初入選した一八四〇年のことであり、それ以前の一八三九年にはまだ何一つ上手くいかず、経済的にも惨憺たる状況にあることが、この戯曲の展開上、不可欠の条件だったからだ。当時のミレーはパリの師匠ドラロッシュの授業も肌に合わず、ローマ留学も不意になり、シェルブールからの奨学金も打ち切りになるという、文字どおり惨憺たる生活を送っていたのである。

そして三番目の理由は、このように未だ成功をつかむ以前に芸術的にも経済的にも悪戦苦闘するミレーの姿というのが、とうに作家的成功を収めていたとはいえ、一八九四年に出版社を起こそうと考えペイジ自動写植機などへ投資するも写植機械が完成しなかったために破産してしまい、莫大な負債を抱え込み、しかも一八九六年には長女オリヴィア・スージー・クレメンズに先立たれ、失意のどん底で北米からウィーンへ住居を移さねばならなかったマーク・トウェイン自身の姿に重なっていたからだ。彼はこの破産ののちに、多くの債権者たちへ借金を返すため必死で働き、戯曲『彼は死んだのか?』を書く一八九八年までにはすべて完済し、以前の財産を取り戻す。このあたり、借金返済に至るトウェインのドラマは『彼は死んだのか?』のなかで、ミレーや彼の婚約者マリーの家族が高利貸バスティアン・アンドレの取り立てに対し必死で攻防する姿を彷彿とさせる。

だが、これらの背後に横たわる歴史改変の最大の理由は、このように経済的に困窮し美術的な評価にも恵まれないミレー像、すなわち清貧にして不遇の芸術家という人物造型そのものが、ミレーと親しかったルーヴル美術館の管理課長アルフレッド・サンスィエによる伝記『ジャン・フランソワ・ミレーの生涯と作品』(一八八一年)によって作られたイメージだったということだ。そもそもサンスィエは一八一五年に生まれ一八七七年に没しており、この伝記の草稿が対象としているのも一八六四年までのミレーにすぎない。その未完成の遺稿を何とか完成させるべく、美術評論家のポール・マンツがサンスィエの書簡などを巻末にまとめて編纂し刊行したのである。従って、伝記作家サンスィエ自身はミレーの死後に『晩鐘』をめぐるフランスとアメリカとの間で激越な争奪戦が繰り広げられ、その価値が天文学的な数字の金額にまで昇りつめていくのを目撃さえしていない。そもそも彼自身は絵画の分析などは苦手なタイプであって、ミレーがいかに貧しく恵まれない芸術家であったかという側面ばかりを強調した。ところが、まさにそれこそがアメリカにおけるミレー・ブームに火をつけたのだから、皮肉である。というのも、このサンスィエの伝記が一八八一年にフランス本国で刊行されるよりも早い一八八〇年に、何とその英訳版『ジャン＝フランソワ・ミレー――農民にして画家』がひとまず『スクリブナーズ・マンスリー・マガジン』に連載され、それに続いて本国と同年にアメリカで陽の目を見ているからだ。

もちろん、それに先立ってミレーには少なからぬアメリカ人の弟子たちが存在したことも、北米におけるミレー・ブームを準備した。まず一八四八年にボストンからバルビゾンへ留学し、ボストンの友人たちにミレーを紹介したウィリアム・パーキンス・バブコック（William Perkins Babcock）。

つぎに一八五一年に同じくボストンからバルビゾンへ留学して、ミレーのみならずバルビゾン派の画家たちを北米へ紹介するばかりか、とりわけボストンの大物コレクターのクインシー・アダムズ・ショウの興味をかきたてたウィリアム・モリス・ハント（William Morris Hunt）。彼はのちにショウがアメリカ最大のミレー収集家になるお膳立てをしたことでも知られるが、もっとも重要なのは、彼がミレーに超越主義思想家ラルフ・ウォルドー・エマソンの哲学を紹介し、そのフランス語訳を読ませたことだろう。とりわけ「アメリカの学者」"The American Scholar"（一八三七年）のなかにある下記の一節は、あらかじめミレーの世界を言い当てているとおぼしい。

ウィリアム・モリス・ハント

「私はイタリアやアラビア、ギリシャや南フランスに特有の偉大で崇高でロマンティックな芸術を高く評価するわけではない。私が好んで追求するのはむしろ庶民的な芸術だ。私は日常的にして卑近なものを尊重する」(I ask not for the great, the remote, the romantic; what is doing in Italy or Arabia; what is Greek art, or Provencal minstrelsy; I embrace the common I explore and sit at the feet of the familiar and the low)。

そして三人目は、一八七〇年代に『アトランティック・マンスリー』の芸術部門編集者となるエドワード・ホイールライト(Edward Wheelwright)。彼はリアリズム文学の学部長《ディーン》と呼ばれたウィリアム・ディーン・ハウェルズが編集長を務めていた時代の同誌で頭角を現し、とりわけ画家没後の一八七六年に同誌に発表したミレー論の影響は絶大だった。その路線は、ワイアット・イートンが一八八九年に『センチュリー・マガジン』に発表したミレー論やウィル・ヒコック・ロウが一八九六年に『マクルアズ・マガジン』に発表したミレー論にも継承される。

ここで文学史的脈絡を導入するならば、先にも述べたようにミレーの円熟期である一八五〇年代から六〇年代というのは、アメリカ文学史におけるロマンティシズムの絶頂期、いわゆるアメリカン・ルネッサンスに当たっており、農業国家として出発したアメリカ合衆国が清貧の思想をよしとするピューリタニズムの伝統に即しつつ荒野すなわち原生自然のフロンティアを「明白な運命《マニフェスト・デスティニー》」(Manifest Destiny)のスローガンのもとに開拓していった時期に当たる。そして実際、ミレーがアメリカン・ルネッサンスの思想的指導者というべきエマソンを一八五一年に読み、その自然美学を理解した上で芸術活動をしていたとなれば、『落穂拾い』(一八五七年)や『晩鐘』(一八五七―五九年)以後の作品の描くフランス的農村風景とアメリカ的田園風景が絶妙に重なり合ったのは間違いなく、そうした作品が北米で人気を呼ばないわけがあるまい。それはアメリカ国内では、折しもポーやホーソーン、メルヴィルらにも影響を与えたトマス・コールらハドソンリヴァー派の幻想的な風景画が人気を博していた時代であった。

まとめれば、一八四八年以降、ミレーのアメリカ人の弟子たちが熱っぽくバルビゾン派の画風を伝え、それがアメリカン・ルネッサンスとハドソンリヴァー派の時代に連動して北米におけるミレー人気が上昇し、それを受け止めたアルフレッド・サンスィエが清貧と不遇の芸術家というイメージを徹底させた伝記が一八八一年に出版されることにより、アメリカにおけるミレー・マニアとも呼ばれる「ミレー神話」が決定的なものとなったのである。世紀転換期、マーク・トウェインが『彼は死んだのか?』を執筆し、夏目漱石が『文学論』を執筆したときにイメージしていたミレー像が、いずれもこのように、一八四八年以降晩年にかけて構築されたミレー神話に準拠したものであることは疑いない。

ところが、昨今ではロバート・ハーバートの研究が、こうした清貧にして不遇の画家ミレー像が神話にすぎないことを暴露した。サンスィエのミレー像に信憑性があるなら、まさしくミレーのファーストネームが暗示するようにアシジの聖フランシスコのような清廉潔白を連想しないわけにはいかないが、実際のミレーはすでに紹介したように、一八四四年に初婚の妻ポーリーヌが亡くなってしまうと、翌四五年にはもう新しい妻カトリーヌと再婚するほどなのだ。加えて、そもそも本当に貧しかったのかどうかすら、疑わしい。彼がカトリーヌとの間に九人もの子どもをなして育てていたことや、一八六〇年代に稼ぎまくっていた頃にはエル・グレコの高価な原画まで購入するほどだったことを、勘案してみるとよい。また、肝心の農民画家というブランド・イメージにしても、彼は確かに農家に生まれたものの、あくまで農民画を描き続けたにすぎず、文字どおりの農民たる村人との交流もほとんどなかったという。これだけでも、ミレー神話というのが、限りなく販売促進戦略に近いかたちで紡ぎ出されていたことが判明するだろう。

5．ポー、トウェイン、ホアン

してみると、『彼は死んだのか？』のテクスト前注において、同作品の舞台が「一八四八年以前」に設定されていることも、今一つの理由が考えられそうだ。そう、この戯曲はいわゆるミレー神話が蔓延し天才画家の名声が確立したかに見える十九世紀末にあって、まさにその神話が形成される以前の時代における、弱冠二十五歳という若く無軌道なミレーを人物造形することにより、天才の非神話化という実験を目論み、そこからトウェイン独自にして普遍的意義を持つ作家生命論を紡ぎだそうとしたのではないか。

『彼は死んだのか?』において根幹となる作家生命論はあまりにもシンプルなものだ。その精神は原型短篇「生死如何」の段階においてあまりにも明らかなので、まとめておこう。

作家生命論第一法則:「偉大なのに無名にして不遇な芸術家の真価は、彼が死んだあとにこそ認められるべきだし、実際そうなるはずだ。それに伴い、その芸術家の作品の価格も高騰するだろう」(the merit of every great unknown and neglected artist must and will be recognized, and his pictures clime to high prices after his death ["Is He Living or Is He Dead?" 188])。

これが戯曲版では、シカゴが相棒のドイツ系の画家ダッチー(本名ハンス・ヴォン・ビスマルク)からヒントを得たというかたちで、こう語られる。

「ダッチーが言うには、『偉大な画家が評価されないまま三度のメシにもありつけなくなり、ついには命を落とし、すべては遅きに失したという事態になって初めて、その名声は世界中に轟き渡り、金がガッポリ入ってくる』。（間）だからオレたちの仲間の一人を死んだことにしなくちゃならん。名前を変えて、姿をくらますのさ。さすれば、その名は世界中に響き渡り、金がガッポリ入ってくるという塩梅だ。（左手のグラスを掲げて）フランソワ・ミレー、君のことだよ！」（第一幕、四六頁）

こうした発想には、まったく逆に、存命中にはベストセラーを連発するほどの作家が没後にはさっぱり売れなくなり、その名も忘れられてしまうという作家生命論も想定しておかねばならないが、この問題に関しては今回のトウェイン作品とは直接関わらないので、あえて深入りしない。

それよりも肝心なのは、トウェインの作家生命史上の円熟期が『トム・ソーヤーの冒険』（一八七六年）から『ハックルベリー・フィンの冒険』（一八八五年）や『アーサー王宮廷のヤンキー』（一八八九年）を経て、長く取っても『間抜けのウィルソンの悲劇』（一八九四年）に至るほぼ二十年ほどだとすれば、『彼は死んだのか？』（一八九八年）は間違いなくトウェイン晩年の作品に含まれるということだ。もちろん、以前のトウェインにもブラックユーモアはあったし、異装すなわち服装倒錯は、シェイクスピア演劇以来珍しくない。けれども、それを作者トウェインが自分自身の破産と連動させて実在の画家ミレーの清貧人生とオーヴァーラップさせ、しかもミレーはその女装によって自らの借金取りを徹底的に騙し侮辱するという最大の目的を果たすのだから、関係者も存命中であることを考えると、十九世紀末という同時代においてはあまりにも過激で自虐的で実験的だ。トウェイン晩年の作品には「戦争の祈り」"The War-Prayer"（一九〇五年）のように、あまりにもあからさまな米西戦争／米比戦争批判を含むがために著者自身の自主規制により生前には発表されなかった作品もあるものの、本作品『彼は死んだのか？』の場合には、もともとトウェインの友人であるブラム・ストーカーがイギリスで上演の手筈を整えるはずが失敗したことで、以後、戯曲のテクスト自体が百五年間も埋もれてしまった。ようやくスタンフォード大学教授シェリー・フィッシャー・フィシュキンが発掘し、カリフォルニア大学出版局から詳注付きで刊行したのは二〇〇三年。以後、各地での上演が実現し好評を博したものである。一世紀以上の「遅れ」は、むしろトウェインの先見性が受け入れられるのに不可欠な歳月だったかもしれない。

　そう、エドワード・サイードやガヤトリ・スピヴァクが理論武装したポストコロニアリズムの現代、たとえば中国系劇作家デイヴィッド・ヘンリー・ホアンによるブロードウェイ演劇『M・バタフライ』（一九八八年）のように、女装によって西欧人の東洋幻想に対しまんまと復讐を遂げてみせる作品がトニー賞を受賞するご時世だからこそ、その九十年前の先駆者としてトウェインによる異装のブラックコメディ『彼は死んだのか？』を位置付けることも、当然可能になるのではあるまいか。プッチーニのオペラ『蝶々夫人』に基づいた『M・バタフライ』は、女装した男性中国人スパイがフランス人高官を欺いて愛人関係を結び任務遂

『M・バタフライ』の映画ポスター

行していたという、じっさいにあった事件から発想されている。トウェイン作品で未亡人の妹デイジー・ティロウになりすましたミレーが、金目当てに結婚を迫る高利貸バスティアン・アンドレを惹きつけるだけ惹きつけてから徹底的に侮辱したように、『M・バタフライ』では女装した蝶々夫人ならぬソン・リリンの狡猾なる罠にはまったフランス人ガリマールが、まさに自分自身のオリエンタリズムを徹底的に侮辱され逆搾取される道をたどる。

ここでトウェインの本作品のうちに晩年のスタイルの典型を認めるならば、エドワード・サイードを借りて、こんな定式を掲げるのも可能だろう。

作家生命論第二法則：「晩年の芸術は調和や解決を迎えるのではなく非妥協的で難解を極め、しかも決して解きほぐせぬ矛盾を抱えるものであるかもしれない。（中略）晩年のスタイルとは、したがって、一般受けする基準から自主的に亡命するようなものであり、当初こそその基準に追随しながらもやがては超えていくだろう」（サイード『晩年のスタイル』）

(But what of artistic lateness not as harmony and resolution but as intransigence, difficulty, and unresolved contradiction? . . .Lateness therefore is a kind of self-imposed exile from what is generally acceptable, coming after it, and surviving beyond it. [Edward Said, *On Late Style*, 7&16])

最後に、『彼は死んだのか?』のクライマックスを成す異装のセクシュアリティ構築部分を一瞥しよう。ミレーは未亡人デイジーに化けるプロセスを、求婚してやまない高利貸しアンドレが覗き見ているのを知りながら、露骨なまでに披露していく。それは具体的には、この異装者がほとんど義体で成り立っていることをあえて明かし、アンドレを徹底的に侮辱して、そもそもこのような化け物に求婚したことを後悔させる謀略だ。異装者ミレーはかつらをはじめ歯や眼、足に至るまで全てが作り物なのである。とりわけその眼が義眼であることが暴露される場面は衝撃的だ。ミレーすなわち未亡人デイジーは小間使いに命ずる。

ミレー/未亡人デイジー: 新しいガラスの義眼をちょうだい。きれいなやつをね。
(中略) なんてこと、金メッキ部分が表にきてしまった。(手鏡を出し) これじゃ目から火花がはじけてるみたいじゃないの。（義眼を調整する）ああ、ようやく治った。

Bring me a fresh glass eye--clean one. …
Sho! I've turned it with the gilded side to the front.
(*Hand-glass.*)
Why, it looks like a torch.
(Works at it.)
There--now it's right. (*Is He Dead?*, ACTIII, 136-37)

こうしたミレー／デイジーの身繕いの場面を垣間見た高利貸しアンドレは百年の恋も一気に冷めて、こうのたまう。「この女の身体は全部ニセモノでできているのか？」（"Isn't any part of her genuine?"）「デイジーは全身メッキ女じゃないか」（"Nothing solid about her"）「こんなガラクタみたいな女とは、たとえ十億フラン積まれたって結婚しないぞ。もう手を引かないと命が危ない」（"I wouldn't marry that debris if she was worth a billion. I'm going to get out or die,” 138-39)。ガラスの義眼の裏面が文字通り「金メッキ」“the gilded side”で、それを承けた高利貸しが「全身金メッキ女」“Nothing solid about her”と怖気をふるっている場面は、まさに南北戦争以後の成金時代を命名した長編小説『金メッキ時代』*The Gilded Age*（一八七三年）の共著者トウェインの面目躍如というところだ。

アメリカン・ルネッサンスの読者であれば、ここでトウェインが密かにオマージュを捧げているのが、エドガー・アラン・ポー初期の傑作短篇「使い切った男」“The Man That Was Used Up”（一八三九年）であるのは一目瞭然だろう。「使い切った男」の語り手は、一見堂々たる体格を誇り英雄の誉れも高い特別進級の代将ジョン・A・B・C・スミスの正体を探っていくうちに、彼が黒人ポンペイを従えるもうひとりの貴族的人物であることを知るが、やがて結末に至ると、驚くべきことにこの代将は、じつはインディアンとの戦争のため四肢はもち

「使い切った男」のカバー

ろん頭蓋も肩も胸も――つまりほぼ全身を――義手義足など補綴術によって置き換えられた人間―機械共生体《マン・マシン・インタフェイス》だったという事実が発覚する……。フィラデルフィアに実在した補綴術師ジョン・P・トマスの恩恵をうけている代将という設定もさることながら、この「しきりに話題になった（used up）代将」が、仮面舞踏会の侵入者よろしく「肉体を使い切った（used up）男」であったという言語遊戯的なアイデアも秀逸だ。とりわけ義眼について、このスミス代将が黒人召使いに持って来させるところを確認してみよう。

「そうだそうだ、わしのこの義眼だ。さあポンペイ、このろくでなし、この義眼をさっさとわしに嵌めこまんか。あのキカプー・インディアンたちがじつに素早くわしの眼をえぐり出してしまったんじゃよ。けれど巷では評判の悪いウィリアムズ医師に頼んだらこの義眼を作ってくれて、実によく物が見えるようになったぞ」（ポー「使い切った男」）

"O yes, by-the-by, my eye --- here, Pompey, you scamp, screw it in! Those Kickapoos are not so very slow at a gouge; but he's a belied man, that Dr. Williams after all; you can't imagine how well I see with the eyes of his make" (Poe, "The Man that was Used Up")

両者の義眼の描写を見る限り、トウェイン描くところのミレー／デイジーにおける異装を超えた一種のサイボーグ的義体化は、かれこれ六十年前にポーが描いた「使い切った男」を意識した、ほとんど剽窃と考えてもかまうまい。『彼は死んだのか？』におけるミレーは作者の創造的時代錯誤により、二十五歳にして『晩鐘』を描きあげていることになっているが、その年齢に即すならばこの戯曲の舞台は一八三九年ということになり、それがポーが「使い切った男」を発表した年と一致しているのは、断じて偶然ではない。当時、ポーの「使い切った男」が示すサイボーグ的存在は周囲を困惑させたと思われるが、にもかかわらずインディアン戦争の英雄の威厳すらも人工的に構築しうる可能性を示したことには先見の明があった。トウェインは六十年後にポーの精神を受け継ぎ、『彼は死んだのか？』において天才画家が自らなりすました妹の血統上の権威すら人工的に構築しうることを示し、しかもそれによってカネ目当ての熱烈な求婚者アンドレを笑い飛ばす。その手法は九十年後に前掲ホアンの『M・バタフライ』においてさらに研ぎ澄まされ、異装のセクシュアリティは西欧的オリエンタリズムに囚われたフランス人政府高官を魅了しつつも搾取し嘲笑するための装置として応用される。華麗なる蝶々夫人《マダム・バタフライ》の異装を解き、自ら男性であることを暴露したソン・リリンを前にして、フランス紳士ルネ・ガリマールは深く幻滅し、ソンに対して「お前なんかハンバーガー並みの現実でしかない」（You are as real as hamburger [67]）と言い返すばかりだ。ポーからトウェイン、ホアンへ至るアメリカ的異装の文学史は、環大西洋から環太平洋におよぶスケールで文学的伝統を書き換えるとともに、演劇的想像力が文学的サバイバルの駆動装置となりうる可能性を指し示す。

6. 自己剽窃の効用、またはメタフィクションの進化

最後に、作家生命論をめぐるもうひとつの法則を、ほかならぬ『彼は死んだのか？』のク

ライマックスから引用しよう。自らの妹になりすましたミレーが、国を挙げての盛大な葬儀のあとにはまったくの別人になるべく、仲間たちから新たに「プラシド・デュヴァル」(Placide Duval) なる名前を授かる場面だ。

作家生命論第三法則：「金回りのいいアマチュアになることだ。そしていまは亡き天才画家を至って巧妙に模倣し続けることだ」

("You're a rich amateur. ... Marvelously successful imitator of the late lamented" [128])

もちろん、『MLAハンドブック第8版』によれば、他人からの剽窃は不誠実なばかりか研究面でも独創性でも無能な証左として断罪されているが (Plagiarists are seen not only as dishonest but also as incompetent, incapable of doing research and expressing original thoughts)、ここでトウェインが痛烈に露呈させているのは単純な剽窃ではなく、たとえ名前を変えたとしても同じ芸術家が同じ芸術分野でおこないかねない自己剽窃であり、それこそが作家生命を

有名作品からのアダプテーションには、絵画の世界でも枚挙にいとまがないが、ミレーの『種蒔く人』（右／ボストン美術館蔵）をアダプテーションしたゴッホの『種蒔く人』（左／クレラー＝ミュラー美術館蔵）はその代表的な例だろう。

延長させる可能性である。ミレーは演劇が自分自身を見失うきっかけとなるからこそこのジャンルそのものを嫌ったが、しかしトウェインはミレーの異装劇を通し、芸術家が円熟期を過ぎたあとには自分が自分の分身を生み出すかのごとく、自己剽窃を余儀なくされる運命を見抜いていた。もちろん、自己剽窃というのは不穏に響くかもしれない。けれども、それはかつて天才であった自分を限りなく模倣し続けることにより、作家生命を限りなく延命させる翻案すなわちアダプテーション戦略にもなりうる。そもそも“Placide Duval”というわざとらしいネーミング自体が“Placid Double”つまり「ご満悦

デヴィッド・アイヴィスによる『彼は死んだのか？』のアダプテーションのポスター。画家が描いているのはフランス新古典主義の重鎮ドミニク・アングルの肖像画。

の分身」にひっかけているとしか思われない名前ではないか。そうした自己剽窃をできる限り巧妙に、できる限り長期間続行すればするほど、そのマンネリズムないしマニエリスムはやがて芸術家独自のスタイルとして確立することになり、まさにそれを模範として模倣し改良する後続世代が現れ、後続読者も後続観客も現れる。リチャード・ドーキンスの文化的遺伝子理論（一九七六年）は、ヴィクトリア朝の社会進化論をさらに進化させるヴィジョンとして、昨今はリンダ・ハッチオンらのアダプテーション理論にも応用されているが、そうした趨勢と、ポストモダニズム時代に作者自身が登場人物として組み込まれる自己言及小説メタフィクションが隆盛を極めていく歩みが一致するのは、決して偶然ではない。しかも、『彼は死んだのか?』*Is He Dead?* という戯曲テクスト自体が、「生死如何」“Is He Living or Is He Dead?”という短編テクストの自己剽窃ならぬ自己翻案《セルフ・アダプテーション》なのである。

振り返ってみれば、十九世紀の段階では、筆一本だけで食べることのできるプロフェッショナルな作家のほうが少なかった。ポーもホーソーンもメルヴィルも、その円熟期は短く、生活のためには創作以外の仕事に頼っていた。しかし『彼は死んだのか?』が天才画家ミレーをグロテスクなほどに戯画化して示したのは、二十世紀以降の高度資本主義文学市場でプロフェッショナルとしての文筆家が作家生命を持続させるにはどのような方策がありうるかを予見した見取り図にほかならない。その意味で、マーク・トウェインは自らの存在論的苦境を見事に逆利用したこのスラップスティックなブラック・コメディによって、プロ作家のサバイバルには経済的心配のない優雅なアマチュア精神こそが不可欠だというパラドックスをあざやかに表現してみせたのである。

7. 結語――『白鯨』を書き直す二十一世紀

最後に、一つの論争を引くことで締めくくるのをお許しいただきたい。

それは、北米の言語文学研究誌 *PMLA* 誌二〇〇四年一月号に発表した拙論「ロードする文学史――環大西洋的交渉、環太平洋的交流」"Literary History on the Road: Transatlantic Crossings and Transpacific Crossovers" に対し、メルヴィル学会の大御所ジョン・ブライアントが同誌二〇一〇年十月号に発表した論考「『白鯨』を書き直す――政治学とテクスト的アイデンティティ、及び修正ナラティヴ」"Rewriting *Moby-Dick*: Politics, Textual Identity, and the Revision Narrative" において応答し、拙論の結論に別解釈を施した討議である。

ハーマン・メルヴィルの『白鯨』（一八五一年）といえば十九世紀アメリカン・ルネッサンスの名作であるが、作家存命中にはほとんど忘れられた作品でありながら、二十世紀初頭のモダニズム時代に再評価され、米ソ冷戦時代にはジョン・ヒューストン監督、レイ・ブラッドベリの名画『白鯨』（一九五六年）によって世界的にその名を知られるようになった。つま

映画『白鯨』の一場面

り、時代と環境によって、メルヴィルもその代表作『白鯨』も、何度となく甦ってきたわけで、その歩みを追うこと自体が、何とも興味深い作家生命論を導く。現に脚本を担当したSF作家ブラッドベリが、まさに自分が翻案したからこそメルヴィルも『白鯨』も文学史に名を残せたのだと豪語したことは、広く知られる。

こうしたメルヴィル復活劇はすでに常識に属するし、私自身も前掲*PMLA*論文を組み込んだ拙著『「白鯨」アメリカン・スタディーズ』（二〇〇五年）で詳述してきたので、これ以上は述べない。問題は、九・一一同時多発テロの際に、約三千名に及ぶ死者が出たのと引き換えに『白鯨』のラストシーンが召喚され蘇生したことだ。とりわけ同時代を代表する知識人エドワード・サイード（一九三五—二〇〇三年）がこのテロと『白鯨』ラストシーンを類推し、以下の所感を述べたことは見逃せない。「小説版の最終場面で、エイハブ船長は、自身の銛のロープに絡め取られて白鯨に巻きついて海に引きずり出され、明らかに死の運命に向かいます。ほとんど自滅的といってよい最終場面でした。」(In the final scene of the novel Captain Ahab is being born out to sea, wrapped around the white whale with the rope of his own harpoon and going obviously to his death)。小説版にはそんなシーンは存在しないので、ここでサイードはジョン・ヒューストンの映画版と小説原作版を混同するという致命的な過ちを犯したことになる。したがって私の *PMLA* 論文では、そもそも西欧中心主義的帝国主義を一貫して批判してきたポストコロニアリズムの論客サイードが、エイハブ船長とその腹心の友であるゾロアスター教徒フェダラーを混同し、東洋的なるもの、オリエンタルなものを抹消するという過失を犯してしまったことから浮上する極め付けのアイロニーを指摘した。

ちなみに、たまたまこれが掲載された *PMLA* はサイード追悼号にあたっており、いささか複雑な感情に襲われたことを記憶している。さて、いまなぜ、このときの問題意識を再び持ち出すかといえば、それから五年ほど経ち、まったく同じ *PMLA* に、前述のとおりアメリカのメルヴィル学会の立役者で学術誌『リヴァイアサン』の編集長も務めたジョン・ブライアントが最新論文を寄稿し、拙論が指摘した「アイロニー」を引きながら、ほぼ同じポイントを、さらに新しい視点で発展的に開いていこうとしていたからだ。彼は言う。「サイードの記憶違いを別格扱いするのは不当だが、こうした記憶違いは我々自身がテクストに関して文化的健忘症にかかりがちであることを示すだろう。つまり、我々は自分が熟知していると信ずるテクストをよくわかっているとともに、そのテクストが多様な異本を持ちうることを忘れてしまうのだ。かくして、ここでこだわりたいのは、サイードはたとえ小さくはあっても重大なかたちで『白鯨』を書き換えたのではないかということなのである」(1043-60)。

当初、私はいったいなぜブライアントがこれほどまでにサイードの記憶違いを擁護するのか、まったくわからなかった。いささか憤りを覚えたと言ってもよい。けれども、ブライアントの一貫した持論が「流動的テクスト」"The Fluid Text" という概念に収束することを考えると、これは、アメリカン・ルネッサンスの物語学を編集学の視点でさらに読み替える戦略だったのかもしれないと思い至った。ここでブライアントが言っているのは、MLA会長を務め、ライブラリー・オヴ・アメリカ版の『白鯨』を編集し序文まで執筆したはずの偉大なるサイードでさえ、記憶違いによって小説と映画を混同してしまう場合がある、というケアレスミスの指摘にとどまらない。弘法も筆の誤りという決まり文句は、「流動的テクスト」なる概念の前では意味を成さない。そうではなくて、ブライアントが末尾に私の論文への応答メッセージを記しつつ提起しているのは、まさにこの記憶違いによって、サイードはまさに自身の「晩年のスタイル」を発揮し、自らの『白鯨』を創造的に再編集したのではないか、ということだ。

文学史上さまざまな文化的遺伝子の突然変異を経て、作家は甦り、作品も甦る。しかし、サイードのように、学者批評家もまた一つの記憶違いによってテクストを書き直し、新たな作家として甦るのだという二十一世紀ならではの作家生命論が、ここにある。

◉参考文献

Bryant, John. “Rewriting *Moby-Dick*: Politics, Textual Identity, and the Revision Narrative,” *PMLA* 125.4 [October 2010]: 1043-60,

Cartwright, Julia. *Jean-François Millet; His Life and Letters*. Macmillan, 1896.

Emerson, Ralph Waldo. “The American Scholar.” 1837. *The Norton Anthology of American Literature Shorter Ninth Edition: Beginnings to 1865*. Edited by Robert Levine et al. Norton, 2017. 582-95.

Herbert, Robert L. *Peasants and Primitivism: French Prints from Millet to Gauguin*. University of Washington Press, 1997.

Hutcheon, Linda and Siobhan O'Flynn. *A Theory of Adaptation*. 2nd ed. Routledge, 2012.

Hwang, David Henry. *M. Butterfly*. Dramatic Play Service, 1986.（邦訳の著者名は「ウォン」表記だが、昨今では、より発音に近い「ホアン」表記が一般的になっているため、本論ではそちらを採用する。）

MLA, ed. *MLA Handbook Eighth Edition*. The Modern Language Association, 2016.

Perry, Thomas Sergeant. *English Literature in the Eighteenth Century*. Harper & Brothers,1883.

Poe, Edgar Allan. "The Man that Was Used Up." 1839. *The Short Fiction of Edgar Allan Poe*. Edited by Stuart and Susan Levine. University of Illinois Press, 1976. 443-49.

Said, Edward. *On Late Style*. Pantheon, 2006.

——. "Edward Said Interview by David Barsamian." *The Progressive*, November 1, 2001. https://progressive.org/magazine/edward-said-interview/

Sensier, Alfred. *Jean-François Millet, Peasant and Painter*. Tr. Helena de Kay. James R. Osgood and Company, 1881. 井出洋一郎監訳『ミレーの生涯』講談社、一九九八年。

Takayuki Tatsumi. "Literary History on the Road: Transatlantic Crossings and Transpacific Crossovers." *PMLA* 119.1 [January 2004]:98—99.

Twain, Mark. *Is He Dead? : A Comedy in Three Acts*. 1898. Edited by Shelley Fisher Fishkin. University of California Press, 2003. 辻本庸子訳「やつは死んじまった?」(『三田文学』二〇一〇年秋季号［通巻一〇三号］、一七八—二二八頁)。ただし本論での引用文邦訳は拙訳による。

——. *Is He Dead? A New Comedy by Mark Twain*. Adapted by David Ives. Playscripts, Inc., 2008.

ロマン・ロラン『ミレー』蛯原徳夫訳、岩波書店、一九九一年。

井出洋一郎『「農民画家」ミレーの真実』NHK出版、二〇一四年。

高山宏・巽孝之『マニエリスム談義——驚異の大陸をめぐる超英米文学史』彩流社、二〇一八年。

富山太佳夫『ダーウィンの世紀末』青土社、一九九四年。

——『ポパイの影に——漱石／フォークナー／文化史』みすず書房、一九九六年。

夏目漱石『文学論』（上下）岩波書店、二〇〇七年。

挾本佳代『社会システム論と自然——スペンサー社会学の現代性』法政大学出版局、二〇〇〇年。

武藤脩二『世紀転換期のアメリカ文学と文化』中央大学出版部、二〇〇八年。

おわりに

慶應義塾とニューヨーク

From Keio Academy of New York

慶應義塾大学文学部を定年退職して一ヵ月が過ぎた昨年二〇二一年四月末、塾長選が行われた。そして五月末、新しく決まった第二十代塾長・伊藤公平氏より架電があり、慶應義塾ニューヨーク学院の第十代学院長を拝命した。

青天の霹靂というほかない。

一九八九年、すなわち平成元年以降、文学部英米文学専攻で過ごした三十一年間は、心優しい同僚たち、優秀な教え子たちに囲まれ、まことに充実したものだった。一九八二年に本塾法学部英語助手として就職した私は、一九八〇年代中葉にコーネル大学大学院に留学し、帰国後の一九八九年からは、山本晶、安東伸介両先生のご配慮により、大橋吉之輔先生の後任として、文学部へ移籍した（シャーウッド・アンダソン研究の権威・大橋先生が慶應義塾に本格的なアメリカ文学専攻を作られた経緯は、大橋吉之輔著、尾崎俊介編『エピソード――アメリカ文学者　大橋吉之輔　エッセイ集』［トランスビュー、二〇二一年］参照）。以後はアメリカ文学と批評理論の教育に邁進し、一九九〇年以来指導してきたのは、四百本もの卒業論文と四十本を超える修士論文、二十本を超える博士論文。「はじめに」でも記した通り、二〇一七年には、環太平洋的文化研究を促進する拠点とするべく、慶應義塾アメリカ学会を立ち上げた。

しかし、あまりにも豊穣な日々だったがゆえに、ろくな研究休暇も取れなかったことは、事実である。したがって、二〇二一年四月末からは、定年退職を機に優雅なロング・サバティカルに入り、八ヶ岳別荘の新書庫整理を楽しむつもりだった。

そのように気分がことごとく弛緩し切っていた私に、いきなり人生初とも言える本格的管理職の話が舞い込んだのだから、驚愕するばかりか一気に緊張したのは当然である。何しろこれまでは大学の教壇を中心とする教育と研究には力を入れてきたものの、組織を動かすことについては、日本アメリカ文学会会長や慶應義塾大学藝文学会委員長といった学会関係の経験しかない。その上、いったん赴任したら長期にわたるだろうから、なまじっかなサバティカル気分では済まされない。そもそも、パートナーであり日本における仕事も多く抱えているSF&ファンタジー評論家・小谷真理氏が何というかわからない。だが相談したところ、あにはからんや「ニューヨーク行こうよ」と二つ返事だった。

もちろん、意地の悪い読者は、そもそも私の最終講義のサブタイトルが「慶應義塾とアメリカ」だったのだから、その時点ですでにニューヨーク学院の話を打診されていたのではないかと邪推するかもしれないが、最終講義が行われた三月は依然として前塾長の政権だったのだから、新人事が発生するはずもない。逆に、このような最終講義を行なってしまったことが一種のスピーチアクトとして働いた可能性はあるものの、それすらあくまで推測にすぎない。

一つ確実なのは、かれこれ四十年以上もアメリカの文学と文化を研究してきたアメリカニストで、一九八七年にはニューヨーク州イサカにあるコーネル大学大学院で博士号請求論文を仕上げ、文字どおり『ニューヨークの世紀末』（筑摩書房、一九九五年）と題する単著ではハーマン・メルヴィルやF・スコット・フィッツジェラルド、トルーマン・カポーティ、トム・ウルフ、トニー・クシュナーらのニューヨーク文学を論じた私にとって、コロナ禍の渦中ですら、この新たなオファーを断る理由はほとんどなかったということである。

＊

ところで、新塾長から要請されたのはニューヨーク学院における「慶應スピリットの復活」だった。

一九九〇年、バブル経済がピークを極めた時代に、当時の石川忠雄塾長がアメリカに駐在する日系ビジネスマン家庭の切望を承け、ウェストチェスター郡ハリソン市のパーチェス村に創設した慶應義塾ニューヨーク学院は、「バイリンガル（bilingual）」「バイカルチュラル（bicultural）」を長く合言葉にしてきたが、バブルが弾け、二十一世紀に入ってからは駐在員の数も減少したため、日本からの留学も許容するようになる。だが、まったく同じ、二十一世紀初頭には、「クール・ジャパン」とも渾名される日本発ソフトパワーの嵐が世界を席巻し、我が国の現代小説や漫画やアニメに惹かれる海外の優秀なジャパノロジストが幾何級数的に増大して、日本文学や日本文化の翻訳紹介が驚異的なスピードで進む。その結果、基本的に英米文学専攻に属す私のところに訪問研究員、訪問教授としての受け入れを希望してくる海外の学者研究者の九割が、ジャパノロジストで占められるほどになった。

戦後、日本のアメリカ研究者はフルブライト奨学金などの支援によりアメリカに留学し、最先端の文化を吸収した上で帰国することが多かったものの、二十一世紀には、むしろ海外の日本研究者が日本に長期滞在して、文化的最先端に触れ、自国の文化を豊かにしようとする時代が始まったのである。それは図式的には、欧米文化を日本語空間へ移植する時代から、日本文化を非日本語空間へ散種させる時代への転換を意味するように見える。

だが、ここでふりかえってみるなら、明治以来、日本人はたんにアメリカ文化を巧妙に輸入し愚直に模倣してきただけだったのか。福澤諭吉はたんに西洋事情をわかりやすくニュートラルに伝達しただけだったのか。そうではあるまい。

西欧近代が先進的だった事実は疑いを入れないが、それを日本へ移植するに当たって、福澤先生がウェブスターの英語辞典のみならず漢和辞典をも駆使することにより、極めて創造的な翻訳を行なったことについては、すでに本書で何度か言及した。しかし肝心なのは、福澤先生が西洋近代を彩る民主主義に傾倒するとともに、最後まで士族の精神、すなわちサムライ・スピリットをも失わなかったことである。封建主義を打破する民主主義と武士道に根差す士族の精神とでは原理上矛盾し合うのは当然だが、その両者のベクトルが衝突することがなければ、福澤先生の創造的な翻訳はもとより、『学問のすゝめ』や『瘠我慢の説』に代表される独創的な理論は生み出されなかったであろう。「独立自尊」概念ひとつ取っても、そこにトマス・ジェファソンの「独立宣言」からラルフ・ウォルドー・エマソンの「自己依存」、ヘンリー・デイヴィッド・ソローの「市民的不服従」へ及ぶアメリカ的精神史の先端と日本的精神史の伝統とが凄絶に格闘した形跡を見出さないのは難しい。

そう、日米のはざまに立ち、ほとんど先人のいない環太平洋的な文化交錯の領域で、福澤先生は自身の創造力を発揮し、その恩恵は二十一世紀の我々にまで施されている。それは、私自身が今世紀に入り、脱アメリカ的アメリカ研究《トランスナショナル・アメリカン・スタディーズ》において模索してきた環太平洋的、文化横断的、脱領域的な理論を得て、いっそう鮮明に見えるようになった惑星風景だ。福澤先生が慶應スピリットの核心を成すならば、その歩みが基本的に環太平洋的な文化衝突のもたらした創造力に彩られていたことは、いくら強調してもしすぎることはない。

かくして、本年以降のニューヨーク学院は、日米慶應から成る三重文化（triculture）の探究を打ち出すことになった。これは日米を単純に物理的・文化的に往復するだけではなく、その両者が交錯する地点、私の立場から言えばアメリカニストとジャパノロジストが交錯する地点に、福澤諭吉を起源とする文化融合の創造力を見出そうとする姿勢と言ってよい。その理論が、これまで私が培ってきたアメリカ研究理論の実践になるのか、それともそれ自体が理論的原型となって新たなアメリカ研究を創造するのかは、神のみが知っている。

現在特記できるのは、本書を刊行する今年二〇二二年が、一八七二年における福澤先生の『学問のすゝめ』初編刊行百五十周年とともに、岩倉具視による使節団のアメリカ訪問百五十周年にも当たっているという奇遇にすぎない。

＊

末尾になったが、最終講義を行なった二〇二一年三月の前後には、私が慶應義塾大学法学部に就職する際に尽力してくださった大柳英二先生（一九二七―二〇二〇年）と、文学部に移籍する際にお世話になった山本晶先生（一九三四―二〇二一年）が相次いで逝去された。このお二人がいなければ、私のアメリカ文学者としての歩みはありえなかった。心からご冥福を祈る。また、移籍当時の法学部長の故・堀江湛先生、文学部長の小谷津孝明先生、定年退職時の文学部長の松浦良充先生にも、さまざまなご配慮に対し、感謝を捧げたい。

ちなみに、総勢五十名にのぼる寄稿者から成る私の退職記念論集『脱領域・脱構築・脱半球——二一世紀人文学のために』（編著・下河辺美知子、越智博美、後藤和彦、原田範行、二〇二一年）に引き続き本書をも手掛け、余裕に満ちた美しい本造りをしてくださったのは、小鳥遊書房の高梨治氏。記して最大級の御礼を捧げる。

なお、本書は著者自身の文科省科研費基盤研究（C）「モダニズム文化勃興期の欧米における慶應義塾の文明論的介在と関与」（研究課題／領域番号：21K00398）の成果の一環であることを明記する。

二〇二二年七月十一日

於パーチェス

著者識

Keio Gijuku and Its Trans-Pacific Imagination: Following in the Footsteps of Fukuzawa Yukichi

Synopsis

Although *The New York Times* didn't cover it, May 15th, 2022 marked the fiftieth anniversary of the return of Okinawa to Japan based upon the Okinawa Reversion Agreement between the US and Japan signed on June 17, 1971. What is more, this day also marks the ninetieth anniversary of the assassination of prime minister Inukai Tsuyoshi (1855-1932) accomplished by reactionary elements of the Imperial Japanese Navy who must have felt uncomfortable with Inukai's liberal sensibility.

On the afternoon of May 14th, 2022 (JST May 15th, 2022), Keio Academy of New York participated in the Japan Day parade, which was to celebrate the sesquicentennial of the Iwakura Embassy's visit to the United States. In 1872, the Iwakura Embassy, a delegate of major figures of the Meiji government led by distinguished Japanese statesman Iwakura Tomomi (1825-83), who represented the Meiji emperor, visited major cities such as San Francisco, Chicago and Washington, D.C., from January through February, imbibing the Western tradition of culture and civilization. It is highly plausible that their voyage partially inspired Jules Verne to describe the

Japanese circus in Yokohama in the novel *Around the World in Eighty Days* published in December 1872. Without Iwakura's diplomatic voyage, Meiji Japan would most likely have failed to become sufficiently modernized.

However, whenever I speculate on Modern Japan, I find it necessary to explore the contrast between Fukuzawa Yukichi's dispassionate attitude on May 15th, 1868 towards the Boshin War (1868-69) and his scathing critique of his rival Katsu Kaishu (1823-99), one of the champions of the Meiji Restoration.

During the Boshin War, the Japanese Civil War between the supporters of the Tokugawa Shogunate and the alliance of western samurai and court officials trying to restore the political power of the emperor, all theaters and restaurants and places of amusement were closed. It was common for the government to order a suspension of all public music and dancing in cases of emergency like this. However, what was at stake during the Boshin War was the very government itself. So, it was in fact through the people of Edo's self-regulation that all kinds of entertainment were forbidden, if only temporarily. Whenever disasters occur, we are likely to consider entertainment to be frivolous.

And yet, being a representative scholar, Fukuzawa did not give up teaching. Take a look at his autobiography (『福翁自伝』、1899) :

On the very day of the battle, I was giving lectures on economics, using an English text book. Ueno was over five miles away, and no matter how hot the fighting grew, there was no danger of stray bullets reaching us. Once in a while, when the noise of the streets grew louder, my pupils would amuse themselves by bringing out a ladder and climbing up on the roof to gaze at the smoke overhanging the attack. I recall that it was a long battle, lasting from about noon until after dark. But with no connection between us and the scene of action, we had no fear at all.

Thus we remained calm, and found that in the world, large as it was, there were other men than those engaged in warfare, for even during the Ueno siege and during the subsequent campaigns in the northern provinces, students steadily increased in Keio-gijuku. ...

"As I see it, our own Keio-gijuku stands for Western studies in Japan as much as Dejima did for Dutch nationalism. Whatever happens in the country, whatever warfare harasses our land, we have never relinquished our hold on Western learning. As long as this school of ours stands, Japan remains a civilized nation of the world. Let us put our best efforts into our work, for there is no need of concerning ourselves with the wayward trend of the society." (*The Autobiography of Fukuzawa Yukichi*, 1898,

Tr. Kiyooka Eiichi [Columbia University Press, 1960], pp.210-211)

The above paragraphs clearly exhibit the author's will to scholarship, which should not be disturbed by political upheavals; he wanted to comprehend the essence of Francis Wayland's book on political economy by teaching it to his students. What Fukuzawa illustrates here with "Deijima" reminds me of the utopian idea of extraterritorial sanctuary that distinguished literary critic George Steiner (1929-2020) was to propose in 1971 as a transnational and transdisciplinary zone. Here, Fukuzawa redefines Keio-gijuku as another extraterritorial sanctuary radically immune to military and political duties.

Therefore, as I pointed out in my final lecture at Keio University (https://www.youtube.com/watch?v=0er3g7CRzJY&t=10s), we are usually puzzled by the way Fukuzawa discloses his belligerent sensibility in one of his final articles "Fighting to the Bitter End" (瘠我慢の説)published posthumously (originally written in 1891 and published in 1901). While he claims to have enjoyed studying Western knowledge in 1868, Fukuzwa accuses his rival Katsu Kaishu of lacking the decision to fight to the bitter end. While Katsu succeeded in negotiating the surrender of Edo Castle to the troops of the new imperial regime, that is, a capitulation without firing a shot, Fukuzawa considers Katsu's peaceful and bloodless politics as disgracing Japan's

characteristic marshal spirit. Thus, you will be astonished at the sharp contrast between his academic ambition during the Boshin War in the late 1860s and his aggressive agitation for a fight to the bitter end in the late 1890s.

While in 1860 Fukuzawa joined Katsu on board the *Kanrin Maru* destined for the United States, in the late 1860s they came to hold opposing views; Fukuzawa supported what he called a "Taikun Monarchy," whereas Katsu criticized any notion of absolutism. While Fukuzawa promoted the idea of "leaving Asia and joining the West" (脱亜入欧)、Katsu was skeptical about Japan's decision to follow the lead of Western imperialism.

From my literary historical perspective, Fukuzawa embodied Emersonian self-reliance during the Boshin War, ending up with Thoreauvian civil disobedience in the Meiji era. Despite the seeming contrast, what he represented in both periods is the spirit of resistance influenced by *The Declaration of Independence* (1776), which Fukuzawa himself translated into Japanese in 1866.

220 years after The Declaration of Independence, I gave a special lecture on Thomas Jefferson as a literary Americanist at Mita Public Speaking Hall on May 15th, 1997, that is, the Yukichi Fukuzawa-Francis Wayland Memorial Lecture Day. I was given this opportunity because my 1995 monograph *New Americanist Poetics* (Seidosha, 1995) received the 1996 Yukichi Fukuzawa Award.

I cannot forget this day, because it coincided not only with my own 42nd birthday but also with the funeral of Professor Kiyooka Eiichi (1902-97), one of Fukuzawa's grandchildren, held at St. Andrew's Cathedral, Tokyo. Dedicating my special Fukuzawa-Wayland Memorial Lecture to the memory of Professor Kiyooka, who is well known for being one of the first Keio students who studied at Cornell University in the 1920s, and as the translator of his grandfather's autobiography published by Columbia University Press, I dashed off toward the church.

In retrospect, it is miraculous that a number of coincidences have woven our lives together. Given that I also studied at Cornell in the 1980s and became interested in the modern rhetoric of the Founding Fathers of the US and Japan, my going on my own transpacific, transdisciplinary and trans-chronological voyage seems to have, as Herman Melville put it in *Moby-Dick* (1851), "formed part of the grand programme of Providence that was drawn up a long time ago."

*

Since 1982, I taught American Literature and Critical Theory at Keio University, reaching the age of retirement on May 15th, 2020. Thus, on March 13th, 2021, I gave my final lecture, entitled "The Last Lesson: or, the Origins of Keio Transnational American Studies," rereading Alphonse Daudet's masterpiece "The Last Lesson" I first read as a teenager in terms of Fukuzawa

Yukichi's *Yasegaman no Setsu* (On Fighting to the Bitter End) mentioned above. Receiving many serious and constructive responses, I made up my mind to publish the paper along with a couple of articles related to my final lecture: "Keio Gijuku in the Modernist Context: A Dawn of World Literature" examining the interactions between modernization as championed by Fukuzawa and modernism as represented by Nishiwaki Junzaburo, and "The Laws of Literary Life Cycles: Toward a Transnational Literary History" with special emphasis upon Fukuzawa's contemporary Mark Twain's self-critical play, "Is He Dead?" originally composed in 1898 but discovered and published in 2003, which provides us with a chance to speculate upon a writer's late style and posthumous fame. I feel very honored to be able to publish these three articles in the year coinciding with the sesquicentennial of Fukuzawa's *Gakukmon no Susume* (An Encouragement of Learning) and the Iwakura Embassy's visit to the United States of America.

◉ The first half of the text was uploaded as "May the Fifteenth" in my blog series, "Headmaster's Voice." The URL is as follows: https://www.keio.edu/about-us/headmasters-voice

索　引

INDEX

※おもな人名、事項を五十音順で示した。
作品は作家ごとにまとめてある。

【ア行】
阿川尚之　14
秋草俊一郎　152
アダムズ、ジョン　80
アダムズ、ジョン・クインシー　80
アダムズ、ヘンリー　84
アデア、ギルバート　203
　『作者の死』　203
アーノルド、マシュー　38
アップルトン、トマス・ゴールド　209
阿部章蔵（▶水上瀧太郎）
荒木田守武　130-133
アーリー、ジュバル　41
有島武郎　202
　「ドモ又の死」　202
アレン、ウディ　134
　『ミッドナイト・イン・パリ』　134
アンダソン、シャーウッド　94, 110, 257
安東伸介　12, 246
イェイツ、W・B・　115-116, 120, 127, 150
石川忠雄　249, 254
石坂浩二　103
伊藤浩平　246
イートン、ワイアット　218
ヴァン・デル・ポスト、サー・ローレンス　157
　『影の獄にて』　157
ウェブスター、ノア　16, 70, 250
　『英語大辞典』　16, 70
ウェルズ、H・G・　192, 257
ウェーランド、フランシス　9-10, 54, 57, 67-68, 73
ウルフ、ヴァージニア　107
ウルフ、トム　248
エイケン、C・S・　140
エジソン、トマス　123
江戸川乱歩　136, 257
エドワーズ、ギャレット　78
エマソン、ラルフ・ウォルドー　8, 52-53, 57-58, 70-73, 77, 83,

86, 190, 217, 219, 251, 258
「アメリカの学者」 52, 70, 72, 217, 258
「自己依存」 53, 70, 72, 251, 258
エリオット、ジョージ 84
エリオット、チャールズ・W 76, 78-79, 85-86, 88, 194
エリオット、T・S・ 12, 92, 110, 113, 116, 128, 135-138, 141, 143, 149-152, 160, 162-163, 165, 171, 174, 190, 234-236, 257
『荒地』136-137, 165-166, 255
『四つの四重奏曲』 138
遠藤周作 104, 254
『われら此処より遠きものへ』 104
大島渚 157
『戦場のメリークリスマス』 157
大杉栄 98
大橋吉之輔 246, 254
大柳英二 252
奥秀太郎 202
オースティン、ジェイン 200
オリファント夫人、マーガレット 184, 196-197
『十八世紀末から十九世紀初頭までの英文学史』 184, 196

【カ行】

鍵谷幸信 156-157, 167, 177-178, 254
『詩人 西脇順三郎』167, 178, 254
『サティ ケージ デュシャン』 156
カザノヴァ、パスカ 152-153
ガーシュイン、ジョージ 109, 255
『ラプソディー・イン・ブルー』 109, 255
勝海舟 16, 55-56, 257
加藤弘之 198
カートライト、ジュリア 211
『ジャン＝フランソワ・ミレーの生涯と手紙』 211
ガーネット、ポーター 140
カポーティ、トルーマン 248
亀井俊介 13, 103
カーライル、トマス 77
ガーランド、ハムリン 85
キーツ、ジョン 144, 146, 155
『エンディミオン』 144
清岡暎一 11-12
キャザー、ウィラ 127
キャプラ、フランク 45, 47
『スミス都へ行く』 45, 49

キャメロン、ジェームズ　149
『タイタニック』　149
ギルモア、マイケル　50-51
『言葉をめぐる戦争』　50-51
ギルモア、レオニー　103, 129
九鬼周造　90-93, 114, 257
『「いき」の構造』　90, 93
クーシュー、ポール＝ルイ　130, 132
「日本の寸鉄叙事詩」　130
クシュナー、トニー　248
黒岩比佐子　98
『パンとペン』　98
クリフォード、ジェイムズ　105
「文化の翻訳」　105
グリーンブラット、スティーヴン　50
『暴君』　50
グリフィス、D・W・　42, 256
『國民の創生』　42, 256
クレメンズ、オリヴィア・スージー　215
ゲーテ、ヨハン・ヴォルフガング・フォン　152
小泉信三　94-98, 100-101, 106, 136, 180, 256-257
『共産主義批判の常識』　97
小泉八雲（▶ハーン、ラフカディオ）
小林多喜二　128
「蟹工船」　128
駒村圭吾　14, 18
小谷津孝明　252
コール、トマス　219
コールリッジ、サミュエル・テイラー　162, 195

【サ行】

サイード、エドワード　225-226, 238-241
斎藤勇　155
堺利彦（堺枯川）　97-98
『逆徒の死生観』　98
『売文集』　97
坂手洋二　49
「天皇と接吻」　49
サティ、エリック　110, 167,
サド、マルキ・ド　10 4
サリンジャー、J・D・　203
サルトル、ジャン＝ポール　93
澤木四方吉　101, 107, 256
サンスィエ、アルフレッド　206, 215-216, 220
『ジャン・フランソワ・ミレーの生涯と作品』　215
三辺金蔵　101, 106, 256
シヴェルブシュ、ヴォルフガング　44

シェイクスピア、ウィリアム
50, 162, 174, 224
ジェイコブズ、ハリエット
40
ジャイムズ、ウィリアム　84
ジェイムズ、ヘンリー　84
ジェファソン、トマス　11, 16, 52-53, 69-71, 251, 258
「独立宣言」16, 52, 70, 258
『ジークフェルト・フォリーズ』　165
ジジェク、スラヴォイ　35-36, 59
島崎藤村　97
ジャクソン、アンドルー　36
ジャイルズ、ポール　152
シュルツ、エリザベス　13
ショー、ジョージ・バーナード　98
ショウ、クインシー・アダムズ　208, 217
ジョンソン、サミュエル　156
ジョン万次郎　15-16, 18, 70, 257
シルヴァー、マーク　191
末延芳晴　13, 93, 103
『荷風のあめりか』93, 193
スタイン、ガートルード　75, 94, 109-112, 134, 174, 256-257
スチュアート、ジェイムズ
45, 47
スティーヴン、レズリー　85
『十八世紀英国思想史』
85
ストーカー、ブラム　224
ストラヴィンスキー、イーゴリ　167, 255
スピヴァク、ガヤトリ　154, 225
スペンサー、ハーバード　77, 85, 88, 191, 193, 195, 197-199, 201, 257-258
『社会学研究』　198
スモレット、トバイアス　196
セザンヌ、ポール　201
ゼメキス、ロバート　43
『フォレスト・ガンプ』
43
ソロー、ヘンリー・ディヴィッド　8, 53, 57-58, 251, 258
「市民的不服従」 57, 251, 258
ソンタグ、スーザン　172

【タ行】

ダーウィン、チャールズ　85, 195, 201, 258
高橋康也　137
『ノンセンス大全』 137
ダグラス 、フレデリック　40

タゴール、ラビンドラナー　150, 152
(巽孝之)
　『ニューヨークの世紀末』 248
　『「白鯨」アメリカン・スタディーズ』 238
　『モダニズムの惑星』 8-9, 20, 148
　「ロードする文学史」 237
田中克彦　33
谷崎潤一郎　100
タブマン、ハリエット　36
ダムロッシュ、デイヴィッド　152
ダン、ジョン　195
チェーホフ、アントン　84
チャンドラー、レイモンド　92, 171, 257
チョーサー、ジェフリー　144
　『カンタベリー物語』144-145
土屋大洋　14
ツルゲーネフ、イワン　84
ディキンスン、エミリ　8
ディモク、ワイ・チー　152
デュシャン、マルセル　106, 255-257
デリダ、ジャック　147
ド・マン、ポール　29, 137, 203
土居光知　174
ドイル、コナン　27, 106, 256, 258
　『失われた世界』 27, 106, 256
トウェイン、マーク　22, 53, 69, 72, 84, 112, 188, 200-202, 204-206, 210-213, 215, 220, 222-226, 229, 231-234, 236, 256, 258
　『アーサー王宮廷のヤンキー』 223
　『彼は死んだのか？』 22, 201-202, 204-205, 210, 215, 220-222, 224-225, 227, 231-232, 235-236
　「生死如何」201-202, 222, 236
　『地中海遊覧記』 204
　『トム・ソーヤーの冒険』 223
　『ハックルベリー・フィンの冒険』 69, 233
　『間抜けのウィルソンの悲劇』 224
ドストエフスキー、フョードル　84
ドーキンス、リチャード　191, 235
ドーデ、アルフォンス　27, 29, 32-33, 50, 52, 55, 84

「最後の授業」 27-28, 30-33, 50, 52
ドビュッシー、クロード 94
『牧神の午後への前奏曲』 94
ドライサー、シオドア 85, 256
ドラロッシュ、ポール 205, 214
トルストイ、レフ 84

【ナ行】
永井荷風 13, 90, 92-93, 95-97, 99-102, 256
「戯作者の死」 95, 99
永井久一郎 90
長山靖生 193
『鷗外のオカルト、漱石の科学』 193
中浜万次郎（▶ジョン万次郎）
ナップ、アーサー・メイ 71, 76
夏目漱石 188-194, 199-200, 207-208, 220, 257
『文学論』 188-190, 193, 200, 207, 220
『吾輩は猫である』 192
ナポレオン、ルイ 206
新倉俊一 102
新島進 13, 103
西脇順三郎 12, 89, 116, 135-138, 141, 143, 145, 147-152, 154-168, 170-179, 183-184, 254-255, 257
『Ambarvalia / あむばるわりあ』 135, 143, 158, 254
『旅人かへらず』 158
「天気」 143, 146, 148-149, 155
『ヨーロッパ文学』 12, 158, 160, 162, 164, 170, 174, 176, 254
ニーチェ、フリードリヒ 85, 192
『ツァラトゥストラはかく語りき』 192
沼野充義 21, 152
ネグレスコ、ジーン 148
『タイタニックの最期』 148
野口米次郎（▶ノグチ、ヨネ）
ノグチ、ヨネ 21, 77, 88-89, 103, 127-129, 133, 139-143, 150, 152, 182, 256-257
『巡礼』 128-129
『スペクトラム』 89, 150
『谷の声』 88, 128
『明界と幽界』88, 127-128
『東の海より』 128
ノリス、フランク 85

【ハ行】

パイザー、ドナルド　198
ハイデッガー、マルティン 93
ハウエルズ、ウィリアム・ディーン　84
パウンド、エズラ　89, 92, 106, 110, 113, 115, 118, 120-121, 123-128, 130-133, 138, 151-152, 157, 174, 183, 254, 256-257
　『詩章』 115
　『消燈して』 116
　「地下鉄の駅で」 124-126, 133, 256
蓮實重彥　32
パタソン、アニタ　20
ハッチオン、リンダ　235
バディウ、アラン　60
ハドソン、ジェイ・ウィリアム　139-141
ハーディ、トマス　127
バーバ、ホミ　105
　『文化の場所』 105
ハーバート、ロバート　220
バブコック、ウィリアム・パーキンス　217
バフチン、ミハイル　177-178
　『フランソワ・ラブレーの作品と中世・ルネサンスの民衆文化』 177
ハメット、ダシール　113
バルザック、オノレ・ド　84
バルト、ロラン　172, 203
ハーン、ラフカディオ　87, 117, 132
ハンクス、トム　43
ハント、ウィリアム・モリス　217
ピカソ、パブロ　109-110, 174
ビゲロー、ウィリアム・スタージス　82, 117
ピサロ、カミーユ　201
ヒューストン、ジョン　237, 239
　『白鯨』 237-239
ヒューム、T・E・　162
ヒラタ、ホセア　145-147, 151, 183
　『西脇順三郎の詩と詩学』 145
ブラッドベリ、レイ　237-238
平野共余子　49
　Mr. Smith Goes to Tokyo: Japanese Cinema under the American Occupation, 1945-1952　49
ヒル、アダムズ・シャーマン　85
フィシュキン、シェリー・フィッシャー　18, 154, 224
フィスク、ジョン　195
フィッツジェラルド、F・ス

コット　110, 248, 255, 257
フィールディング、ヘンリー　196
フェレイラ、クリストヴァン　104
フェノロサ、アーネスト　116, 119-123, 255
『詩の媒体としての漢字考』　120, 255
フェノロサ、メアリ　119-120
フォークナー、ウィリアム　92, 254, 256
『アブサロム、サブサロム！』　42
「日本の若者たちへ」　42
フォスター、ルイス　45, 47
フォレスト、ベッドフォード　43
福澤諭吉　9-11, 16, 18-19, 52-57, 66-76, 78-79, 112, 194, 198, 250-252, 257-258
『学問のすゝめ』　13, 52, 70-72, 199, 250, 252, 257
『瘦我慢の説』　52, 54, 56, 250
『西洋事情』　52, 70
『福翁自伝』　53, 55, 66, 275
フーコー、ミシェル　171, 199, 203
ブッシュ、ジョージ・II・W　80
ブッシュ、ジョージ・W　80
プッチーニ、ジャコモ　118, 225
『蝶々夫人』　117-118, 225
藤村操　193
フライ、ノースロップ　173
『批評の解剖』　173
プライアー、マシュー　195
ブライアント、ジョン　237, 240-241
「『白鯨』を書き直す」　237
ブラック、ジョルジョ　110
フランクリン、ベンジャミン　10, 53, 69, 71, 83, 87
ブルトン、アンドレ　75, 255
ブリューゲル、ピーテル　147, 201
フレイザー、ジェイムズ　163
『金枝篇』　163
フレミング、ヴィクター　44
『風と共に去りぬ』　44
フロベール、ギュスターヴ　84
ベーガ、ローペ・デ　115
ベラスコ、デイヴィッド　118
ベケット、サミュエル　60
ヘミングウェイ、アーネスト　92, 110-114, 254-256
『午後の死』　114

ペリー、トマス・サージェント　16, 78-80, 82-90, 180, 194-195, 197-199, 201
『オビッツからレッシングまで』　85
『ギリシャ文学史』　85
『十八世紀英文学』　85, 195, 197
『スノッブの進化』　85
ペリー、マシュー（提督）　15-16, 70, 78-79, 82, 87, 89, 194
ペリー、リーラ・キャボット　79-80
ベルトルッチ、ベルナル　153
『シェルタリング・スカイ』　153
『ヘンリー・アダムズの教育』　26
ホアン、デイヴィッド・ヘンリー　225, 232, 242
『M・バタフライ』225-226
ポー、エドガー・アラン　8, 139-143, 184-185, 191, 203, 219, 229-232, 236, 257-258
「使い切った男」　229-231
「ユーラリー」　139
ホイットマン、ウォルト　8, 139
ホイールライト、エドワード　218
ボウルズ、ポール　153
「ボストン・ブラーミン」　80-81, 83, 87, 116-118
ホーソーン、ナサニエル　8, 51, 142, 219, 236
「僕の親戚モリヌー少佐」　51
ホーヌング、アルフレッド　18, 154
ホームズ、オリバー・ウェンデル　82-84
ホームズ、シャーロック　82
ポラード、エドワード　38
堀江湛　252

【マ行】

マーフィ、グレッチェン　154
牧野有通　13
マクドナルド、ラナルド　15, 18
松井久子　103, 129
『レオニー』　104, 129
松尾芭蕉　140
松浦良充　252
マティス、アンリ　110
マン・レイ　110
マンツ、ポール　216
マンロオ、ハロルド　137
『チャップブック』　137
ミスー、ミム　148
『夜と氷の中で』　148

水村美苗　27, 103
ミッチェル、マーガレット　42
　『風と共に去りぬ』　42
水上瀧（滝）太郎　95-96, 100-102, 107, 114, 256
　『倫敦の宿』　101
ミネリ、ヴィンセント　108
　『巴里のアメリカ人』　108
ミラー、ホアキン　140
ミレー、ジャン＝フランソワ　200-202, 205-221, 223-224, 226-228, 271, 233-234, 236
　『落穂拾い』　207, 219
　『鵞鳥番の少女』　207-208
　『種蒔く人』　207, 234
　『ハガルとイシュメール』　206
　『晩鐘』　207-209, 212-213, 216, 219, 231
　『羊飼いの少女』　207-208
　『ルフラン氏の肖像』　214
ミレー、フランシス・デイヴィス　213
武藤脩二　87-88
　『世紀転換期のアメリカ文学と文化』　87
明六社　74, 198
メリエス、ジョルジョ　123
　『月世界旅行』　123
メルヴィル、ハーマン　14, 18, 51, 203, 219, 236-238, 248, 255, 258
　『白鯨』　14-16, 237-238, 240-241, 255, 258
　「ベニト・セレノ」　51
メレディス、ジョージ　127
モウルトン、リチャード・グリーン　174
　『世界文学』　174
モーガン、ニーナ　18, 154
モネ、クロード　80, 86, 201
森有礼　198-199
森山栄之助　15
モレッティ、フランコ　152

【ヤ行】
柳亭種彦　99
山県五十雄　202
山本晶　246, 252
由良君美　156-159, 161-162, 170, 176-178, 183, 254
　「学匠　西脇先生」　159, 161, 170
　『椿説泰西浪漫派文学講義』　157, 254
ユニテリアニズム　11, 71
吉田恭子　13, 103

【ラ行】
ラヴェル、モーリス　109

「亡き王女のためのパヴァーヌ」 109
「ボレロ」 109
ラシュディ、サルマン 153
『悪魔の詩』 153
リー、ヴィヴィアン 44
リー、スパイク 42
『ブラック・クランズマン』 43
『マルコム X』 42
リー、ロバート・E（将軍） 40-41
リスカム、ウィリアム・シールド 77
リチャーズ、I・A・ 173
リッパード、ジョージ 8, 203
レモンズ、ケイシー 36, 38
『ハリエット』 36
ロイド、アーサー 77, 132
ロウ、ウィル・ヒコック 218
ローエル、ジェイムズ・ラッセル 82-83
ローエル、パーシヴァル 117
ロング、ジョン・ルーサー 118, 256
ロングストリート、ジェイムズ（司令官） 40-41
ロングフェロー、ヘンリー・ワズワース 82-83, 117, 142, 184
ロンドン、ジャック 85

【ワ行】

ワイルド、オスカー 99, 258
ワグナー、リヒャルト 94
『トリスタンとイゾルデ』 94
ワシントン、ジョージ 80
ワーズワス、ウィリアム 162, 195

慶應義塾とアメリカ略年表

CHRONOLOGY

1776	トマス・ジェファソン「独立宣言」**“The Declaration of Independence”**
1783	アメリカ独立戦争（1775年勃発）終結
1787	アメリカ合衆国憲法起草
1809	エドガー・アラン・ポー、エイブラハム・リンカーン、チャールズ・ダーウィン生誕
1820	ハーバート・スペンサー生誕
1835	福澤諭吉、マーク・トウェイン（サミュエル・クレメンズ）生誕
1837	ラルフ・ウォルドー・エマソン「アメリカの学者」**“The American Scholar”**
1841	エマソン「自己依存」**“Self-Reliance”**
1849	ヘンリー・デイヴィッド・ソロー「市民的不服従」**“The Civil Disobedience”**
1851	ハーマン・メルヴィル『白鯨』***Moby-Dick***
1853	小泉信吉生誕（第2代塾長）
1854	オスカー・ワイルド生誕
1856	ライマン・フランク・ボーム生誕
1857	鎌田栄吉生誕（第4代塾長）
1858	福澤、中津藩中屋敷内に蘭学塾を開き慶應義塾と命名
1859	チャールズ・ダーウィン『種の起原』／コナン・ドイル生誕

1860	福澤、勝海舟や中浜万次郎らと共に咸臨丸でアメリカ初訪問／スペンサー『教育論』
1861	南北戦争勃発（～ 1865）
1862	福澤、初のヨーロッパ訪問
1866	H. G. ウェルズ生誕
1867	夏目漱石誕生誕／福澤諭吉、アメリカ再訪
1868	戊辰戦争／東京大学創立
1872	福澤『学問のすゝめ』刊行開始（1876 年まで、全 17 編）、独立自尊の提唱／岩倉具視による使節団、アメリカ訪問
1874	ガートルード・スタイン生誕
1875	福澤『文明論之概略』／野口米次郎（のちのヨネ・ノグチ）生誕
1876	シャーウッド・アンダソン生誕
1877	サンフランシスコ福音会成立
1885	エズラ・パウンド、D. H . ロレンス生誕
1887	マルセル・デュシャン生誕
1888	T. S. エリオット、レイモンド・チャンドラー、九鬼周造、小泉信三（第 7 代塾長）生誕
1890	慶應義塾大学部発足、文学科・理財科、法律科を設置
1891	野口米次郎、慶應義塾入学
1892	芥川龍之介生誕
1893	野口米次郎、渡米してサンフランシスコで修業
1894	西脇順三郎、江戸川乱歩（平井太郎）生誕／日清戦争（1895 年まで）／ドレフュス事件（1906 年まで）
1896	F. スコット・フィッツジェラルド生誕／ノグチ、北米『ラーク』誌にデビューするとともにポー作品からの剽窃疑惑、第一詩集『明界と幽界』*Seen and Unseen* 好評

1897 ウィリアム・フォークナー生誕／ジョン・ルーサー・ロング『蝶々夫人』

1898 「スワニー・リヴァー」録音／トウェイン「1904年の『ロンドン・タイムズ』より抜粋」"From the 'London Times' of 1904" 発表／米西戦争／鎌田栄吉慶應義第4代塾長就任、空前絶後の長期政権（1922年まで）

1899 アーネスト・ヘミングウェイ生誕／米比戦争（1913年まで）

1900 ボーム『オズのふしぎな魔法使い』*The Wonderful Wizard of OZ* ／シオドア・ドライサー『シスター・キャリー』*Sister Carrie* ／スコット・ジョプリン、セントルイスに移りラグタイムの黄金時代が1905年まで続く

1902 ジョン・スタインベック生誕／ノグチ『日本少女の米国日記』好評

1903 スタイン、パリに移住

1904 日露戦争（1905年まで）

1910 永井荷風、『三田文学』創刊

1912 エズラ・パウンド「イマジズム」"Imagism" 着想／詩誌『ポエトリー』創刊／タイタニック号沈没／パリで未来派博覧会／デュシャン『階段を降りる裸体』をパリで製作（翌年ニューヨーク「アーモリー・ショウ」で発表）／ロシア未来派宣言／コナン・ドイル『失われた世界』*The Lost World* ／歌劇「ジーグフェルド・フォリーズ」のためにバック、ルービイ＆スタンパーが「シェイクスピア風ラグ」"That Shakespearian Rag" 作詞作曲／小泉信三、三辺金蔵、澤木四方吉がヨーロッパへ、水上瀧太郎がアメリカへ留学

1913 パウンド「地下鉄の駅で」"In a Station of the Metro"

1914 ロンドンにてエリオット、パウンドに会う；ヨネ・ノグチ、オクスフォード大学講演／第一次世界大戦（1918年まで）

1915 デュシャン、パリからニューヨークへ移動／ニューヨーク・ダダ胎動／D・W・グリフィス監督『國民の創生』*The Birth of a Nation*

1917 日本英文学会発足

1918 ストラヴィンスキー「兵士の物語」**"Histoire du Soldat"**／アーネスト・フェノロサ『詩の媒体としての漢字考』***The Chinese Character as a Medium for Poetry***／官立のみならず公立私立の大学設置を認める大学令公布（1919年施行）

1919 エリオット「伝統と個人の才能」**"Tradition and the Individual Talent"**／サティ「パラード」**"Parade"** ロンドン初演／メルヴィル・リヴァイバル&ジャズ・エイジ始まる

1920 ストラヴィンスキー「11の楽器のためのラグタイム」**"RAG-TIME for eleven instruments"** 初演

1921 クライヴ・ベルがエリオットとジェイムズ・ジョイスを「ラグタイム・アーティスト」と呼ぶ

1922 エリオット『荒地』***The Waste Land***、ジョイス『ユリシーズ』***Ulysses*** 刊行／西脇、英国留学するもオックスフォード大学の入学手続きに間に合わずロンドンに留まる

1923 ロレンス『古典アメリカ文学研究』／マルセル・デュシャン『大ガラス』（1912年より手がけ未完成のまま製作中断）／関東大震災

1924 ジョージ・ガーシュイン『ラプソディ・イン・ブルー』（1945年の映画『アメリカ交響楽』［日本公開1947年］原題としても知られる）／アンドレ・ブルトン『シュールレアリスム宣言』

1925 フィッツジェラルド『華麗なるギャツビー』***The Great Gatsby***／西脇、ロンドンで英詩集 ***Spectrum*** 出版、同年に帰国

1926 ヘミングウェイ『日はまた昇る』***The Sun Also Rises***／メルヴィル『白鯨』の初の映画化『海獣』***The Sea Beast***／フリッツ・ラング監督『メトロポリス』***Metropolis***／作家・技術者・発明家ヒューゴー・ガーンズバック編集による世界初のSF専門誌『アメージング・ストーリーズ』***Amazing Stories*** 創刊

1929	フォークナー『響きと怒り』*The Sound and the Fury* ／NY 株価大暴落、大恐慌へ
1933	西脇『Ambalvalia / あむばるわりあ』『ヨーロッパ文学』
1948	エリオット、ノーベル文学賞受賞
1949	フォークナー、ノーベル文学賞受賞
1954	ヘミングウェイ、ノーベル文学賞受賞
1955	フォークナー来日
1957	パウンド、本塾教授・岩崎良三に宛てて西脇のノーベル文学賞候補への推薦可能性を語る
1958	西脇順三郎、ノーベル文学賞初候補（以後、1968 年まで 10 回ノミネート）
1960	安岡章太郎、ロックフェラー財団の招きで渡米、南部ヴァンダービルト大学に学ぶ
1962	スタインベック、ノーベル文学賞受賞／キューバ・ミサイル危機／安岡章太郎『アメリカ感傷旅行』／江藤淳、ロックフェラー財団の招きでプリンストン大学に学ぶ／日本アメリカ文学会発足
1963	ジョン・F・ケネディ第 35 代アメリカ合衆国大統領暗殺
1965	大橋吉之輔、本塾文学部にてアメリカ文学専攻創設の第一歩を記す
1966	遠藤周作『沈黙』／アメリカ学会発足
1972	由良君美『椿説泰西浪曼派文学講義』
1982	西脇順三郎没
1983	鍵谷幸信『詩人　西脇順三郎』
1990	石川忠雄塾長により総合政策学部、環境情報学部を擁する慶應義塾大学湘南藤沢キャンパスが開設／慶應義塾ニューヨーク学院設立

か多数。代表的論文に “Literary History on the Road: Transatlantic Crossings and Transpacific Crossovers” (*PMLA* [January 2004])) など。

編訳書にダナ・ハラウェイ他『サイボーグ・フェミニズム』（小谷真理と共訳、トレヴィル、1991年／北星堂書店、2007年；第2回日本翻訳大賞思想部門賞）、ラリイ・マキャフリイ『アヴァン・ポップ』（越川芳明と共編、筑摩書房、1995年）ほか。訳書にエドガー・アラン・ポー『黒猫・アッシャー家の崩壊』（新潮社、2009年）『モルグ街の殺人・黄金虫』（新潮社、2009年）『大渦巻への落下・灯台』（新潮社、2015年）ほか。

編著に『日本SF論争史』（勁草書房、2000年、第21回日本SF大賞）、『現代作家ガイド3　ウィリアム・ギブスン』（彩流社、1997年／増補新版2015年）、『反知性の帝国――アメリカ・文学・精神史』（南雲堂、2008年）、*Cyberpunk in a Transnational Context* (Mdpi AG, 2019)、*Transpacific Cultural Studies*, 4 vols (SAGE, 2019)、監修書に『現代作家ガイド6　カート・ヴォネガット』（彩流社、2012年）、『脱領域・脱構築・脱半球――二一世紀人文学のために』（小鳥遊書房、2021年）、共編著に『事典　現代のアメリカ』（大修館書店、2004年）、*The Routledge Companion to Transnational American Studies* (Routledge, 2019) など多数。

◉巽研究会（ゼミ）ウェブサイト：http://www.tatsumizemi.com/

◉慶應義塾ニューヨーク学院ウェブサイト：https://www.keio.edu

【著者】

巽 孝之

（たつみ　たかゆき）

Takayuki TATSUMI

1955 年東京生まれ。1978 年、上智大学文学部英文学科卒業。1983 年、同大学院博士後期課程修了。その前年 1982 年、慶應義塾大学法学部英語助手。1984 年より、慶應義塾及びフルブライト奨学金の援助で北米留学。1987 年、コーネル大学大学院博士課程修了（Ph.D.）。1989 年に移籍し、慶應義塾大学文学部英米文学専攻助教授、1997 年より教授。2021 年 3 月の定年退職とともに名誉教授。2022 年 1 月より慶應義塾ニューヨーク学院（Keio Academy of New York）第 10 代学院長。

アメリカ文学思想史・批評理論専攻。日本英文学会理事、アメリカ学会理事、日本アメリカ文学会第 16 代会長、アメリカ研究振興会理事、日本ポー学会第 2 代会長、日本メルヴィル学会副会長、慶應義塾大学藝文学会委員長、慶應義塾アメリカ学会発起人代表、三田文学会理事を歴任。2009 年より北米学術誌 *The Journal of Transnational American Studies* 編集委員。MLA、日本ペンクラブ、日本 SF 作家クラブ会員。日本学術会議連携会員。

1984 年、論文「作品主権をめぐる暴力―― *Narrative of Arthur Gordon Pym* 小論」で第 7 回日本英文学会新人賞受賞（『英文學研究』第 61 巻 第 2 号、1984 年）。

代表的単著に『サイバーパンク・アメリカ』（勁草書房、1988 年度日米友好基金アメリカ研究図書賞：増補新版 2021 年）、『現代 SF のレトリック』（岩波書店、1992 年）、『ニュー・アメリカニズム――米文学思想史の物語学』（青土社、1995 年度福澤賞：増補新版 2005 年、増補決定版 2019 年）、『ニューヨークの世紀末』（筑摩書房、1995 年）、『メタファーはなぜ殺される――現在批評講義』（松柏社、2000 年）、『アメリカン・ソドム』（研究社、2001 年）、『「2001 年宇宙の旅」講義』（平凡社、2001 年）、『リンカーンの世紀』（青土社、2002 年、増補新版 2013 年）、『モダニズムの惑星』（岩波書店、2013 年）、『盗まれた廃墟――ポール・ド・マンのアメリカ』（彩流社、2016 年）、『パラノイドの帝国――アメリカ文学精神史講義』（大修館書店、2018 年　）、*Full Metal Apache: Transactions between Cyberpunk Japan and Avant-Pop America* (Duke UP, 2006 , The 2010 IAFA [International Association for the Fantastic in the Arts] Distinguished Scholarship Award)、*Young Americans in Literature: The Post-Romantic Turn in the Age of Poe, Hawthorne and Melville* (Sairyusha, 2018) ほ

慶應義塾《けいおうぎじゅく》とアメリカ

巽孝之最終講義《たつみたかゆきさいしゅうこうぎ》

2022年8月19日　第1刷発行

【著者】
巽 孝之

発行者：高梨 治
発行所：株式会社**小鳥遊《たかなし》書房**
〒102-0071　東京都千代田区富士見1-7-6-5F
電話03 (6265) 4910（代表）／FAX　03 (6265) 4902
https://www.tkns-shobou.co.jp

装幀　鳴田小夜子（KOGUMA OFFICE）
印刷・製本　モリモト印刷株式会社

ISBN978-4-909812-95-7　C0098